세상을 다녀 보니

세상을 다녀 보니

어느 해외홍보관 이야기

이기우 지음

렛츠북

프롤로그

살아온 이야기를 책으로 남기는 일에는 상당한 용기가 필요하다. 그것을 알만한 나이임에도 불구하고 다시 글을 쓰기로 결심한 것은 조금은 특별한 해외 경험을 기록으로 남겨놓으면 후배들에게 도움이 되지 않을까 하는 기대감 때문이었다. 그리고 개인의 역사가 모이면 국가의 역사가 될 것이라는 믿음도 작용했다.

필자는 공직 생활 대부분을 해외홍보관으로 일하면서 세계에서 국토가 가장 큰 5대국인 러시아, 캐나다, 미국, 중국, 브라질에서 우리의 이미지를 홍보하면서 그들의 문명을 가까이서 관찰할 기회가 있었다. 역사와 전통, 문화와 제도가 다른 나라들에서 업무의 여건도 달랐고, 현지인들의 삶과 일상이 다양했다.

특히, 이 대국들은 공교롭게도 동시대에 자유민주주의와 전체주의 체제를 통치의 근간으로 하고 있어 정치체제를 연구하기에 적합한 비교집단이기도 했다. 만학(晚學)으로 정치체제를 연구한 한 학도로서 현장에서 경험한 일들을 학문적인 이론에 접목해보고 싶은 당찬 욕심도 생겼다.

제1부는 개인적인 성장 과정의 이야기가 포함된 도입부이고, 제2부는 해외근무지에서 있었던 업무 이야기와 소회를 근무지 순서대로 기술했고, 제3부는 체제가 다른 국가에서 필자가 체험한 인간의 삶과 행태를 조명하고 해석하는 시도를 해보았다.

해외근무지에서 있었던 업무 이야기와 개인적인 판단 중에는 일반화하기에 부적절한 부분이 있을 수 있고, 또 자신의 업적을 과도하게 망라한 내용도 있을 것이다. 그러나 '인생의 길이는 여행의 길이'라는 말에 용기를 내어 독자 앞에 내놓으니 타산지석(他山之石)이 되길 바란다.

세상을 둘러보고 돌아오니 고국을 더 정확하게 볼 수 있는 안목이 생겼다. 세상은 넓고 한국은 좁다. 그리고 우리는 세상 어디에 내놓아도 손색이 없는 우수한 민족이라는 사실을 확신하게 되었다. 그러니 이젠 눈을 밖으로 돌려 전 세계로 뻗어 나가 지구촌을 우리의 일터로 삼고, 세계인들을 친구로 만드는 '작은 거인'이 되어보자.

이 책에는 필자가 출간한 『더 큰 대한민국을 꿈꾸다』(2011)의 일부 내용 중 업데이트된 부분도 있음을 밝힌다. 그리고 책의 편집과 출판에 도움을 준 렛츠북의 류태연 대표와 편집진에게 감사를 드린다.

이기우

프롤로그 • 004

제1부 긴 여정을 떠날 준비

1. 공무원 길 들어서다 • 012

2. 하와이 경유 도미(渡美) 유학 • 015

3. 미국 대학생활 • 018

이국에서의 적응과 소중한 가족사

1980년대 우리와 미국

망중한(忙中閑) 자동차 여행

제2부 밖으로 떠돈 공직생활

1. 캐나다, 토론토 • 032

캐나다의 겉과 속사정

천당에 비견되는 자연환경 ㅣ 같은 듯 다른 캐나다와 미국 ㅣ 잠잠해진 불어권 독립 움직임

첫 부임지에서 열정

연착륙 ㅣ 캐나다 원로 기자와의 만남 ㅣ 동포사회 지원이 갈등의 씨앗? ㅣ 한복의 황홀함 ㅣ
ROM에 한국실 설치

명소를 찾아서

소설 『빨간 머리 앤』 배경지 ㅣ 북극 가까운 원주민 마을

2. 미국, 샌프란시스코 • 055

살기 좋다는 샌프란시스코

긴 인연, 짧은 근무

인연의 시작 | 힘들었던 기억들 | 명문대학과 실리콘밸리 | 동포의 자긍심 '아시아 박물관'

태평양 해안선 따라 내려가면

3. 미국, 뉴욕 • 068

자본주의의 상징 뉴욕시

아! 조지 워싱턴 브리지

또다시 짧았던 뉴욕 근무

4. 러시아, 모스크바 • 075

미지의 땅

시간이 멈춘 러시아 | 겨울 진풍경

보이지 않았던 1인치

배타적 민족주의와 외국인 혐오증 | '위대한 조국전쟁'에 대한 긍지 | 외국 기업이 생존하기 힘든 곳 | 할아버지 보기 힘든 나라

엄혹한 환경의 유산

일천(日淺)한 시민의식 | 경이로운 문화예술 수준 | 고급문화(High-culture)가 일반 대중에게까지

문화 대국에서 일한 보람

상트페테르부르크와 에르미타주 | 콧대 높은 에르미타주 박물관장 | '톨스토이 문학상' 만들다 | 시베리아횡단 열차 공공외교

현대판 '짜르'(Tsar)

전쟁과 푸틴 | 지칠 줄 모르는 야망

5. 미국, 워싱턴 •118

미국에 대한 단상(斷想)

1등 국가란? | 작은 것이 아름다울 수도

워싱턴 한국대사관의 외교관

미국, 예상외 일사불란한 홍보 | '동해' 표기 오류 시정 노력

양쪽에서 도전받는 미국

본토에서 '문명 충돌' | 예전 같지 않은 미국 | 체제경쟁의 '신냉전'

망각하지 말아야 할 것

6. 브라질, 브라질리아 •139

지구 반대편 나라

남미 절반의 비옥한 땅 | 더딘 정치발전 | 블루오션 사탕수수 | 남미공동체 지지부진

삼바 문화와 축구

앙증맞은 문화, 낙관적인 삶 | 광적인 축구 사랑

빈곤의 악순환

공교육 부실 | 대규모 조직범죄 | 파이팅 코리안!

7. 중국, 북경 •161

가까우면서 먼 나라

이념의 만리장성 | 중국과 중국인 | 중국 인식의 온도 차 | 북경올림픽은 대국굴기의 모멘텀

중국 특색의 사회주의

시장경제와 사회주의 공존 | 중국 공산당의 무오류 정치 | 언론은 없고 선전만 작동 | 다른 민주
주의, 느린 민주화

중국이 보는 남(南)과 북(北)

명분과 실리 | '혐한정서'의 발원, 그리고 표출 | 소수민족 문제와 '동북공정' | 힘들었던 행사 경험

미·중 갈등의 시종(始終)

'일대일로'가 화근 | 미·중(美·中)전쟁?

제3부 무엇이 인간의 삶에 중요한가

1. 인류 역사는 자유 쟁취의 역사 •200

개인, 자유, 그리고 국가 | 시민사회 형성

2. 삶의 환경으로서 정치체제 •203

환경과 인간 행동 이론 | 5대국의 정치체제

3. 대국들의 자유 보장 실태 •208

양심과 종교의 자유 | 언론의 자유 | 사유재산권 보장 | 거주 이전의 자유 | 학문과 예술의 자유

4. 체제와 자유의 유별성(有別性) •214

선언적 자유 보장의 함정 | 인간의 심성 형성 | 인류문명에의 기여

에필로그 •220

제1부

긴 여정을 떠날 준비

1. 공무원 길 들어서다

1970년대 초 연세대학교 백양로는 낭만으로 넘쳤다. 봄 축제와 가을 연고전은 젊음을 분출하기에 부족함이 없었다. 그런 캠퍼스에 10월 유신이 일어나 수시로 시위가 있었다. 학교는 문을 닫고 강의는 중단되었다. 그 당시는 학생 기숙사가 별도로 없었고, 지방에서 올라온 학생들은 대부분 고향으로 돌아가 개교를 기다려야만 했다. 필자도 고향인 대구에 내려가서 보내는 시간이 길었다.

대학 1학년은 누구나 해방감으로 공부는 뒷전이고, 밤낮없이 친구들과 어울리며 놀기에 바쁜 시간이다. 필자도 방학과 휴교 시에는 대구 동성로를 출근하다시피 했다. 이를 한동안 지켜보시던 아버지가 어느 날 어딜 함께 가자고 하셨다. 쌀 한 자루 옆구리에 끼고 시외버스를 여러 번 갈아타고 따라간 곳이 경북 청도에 있는 '운문사'였다. 당시는 먹을 쌀 정도만 들고 가도 절에서 일정 기간 기숙할 수가 있었다. 그때 운문사 앞에서 바라본 경관은 마치 선경(仙境)과 같았다. 절 문을 들어서려고 하는데 한 스님이 다가와 아버지와 잠시 대화를 나누는데 낌새가 이상했다. 운문사는 여승들만 있는 비구니 사찰이라는 것을 몰랐던 것이다. 문전에서 퇴짜를 맞고 그 먼 길에 발길을 돌려야 했다.

그 길로 아버지는 다시 영천에 있는 '은해사'를 찾아가서 필자를 위탁하는 데 성공하셨다. 지금은 교통 사정이 좋아졌지만, 1970년대 초에는 하루에 몇 번만 다니는 시외버스를 타고 다녔다. 은해사는 조계종 본사에 해당하는 큰 절이었지만 신도들이 많지 않았고 비교적 한적한 절이었다. 거기서 기거하면서 고시를 준비하는 사람들이 절에 와서 공부하는 것을 처음 보게 되었다. 그들은 수염을 깎지 않아 나이를 가늠하기 힘들었고, 항상 우수에 찬 얼굴을 하고 있었다. 나도 책을 몇 권 가지고 간 것 같으나, 무슨 책을 가지고 갔는지 기억이 없고, 공부한 기억은 더더욱 없다.

절간의 밤은 칠흑같이 캄캄하고 길었다. 절 앞에 흐르는 계곡의 물소리는 밤이면 더욱 우렁찼다. 밤이 무서워 아침을 기다리곤 했다. 밝은 대낮의 고마움을 처음 알게 되었다. 절에서의 일과는 자유로웠다. 부지런하면 새벽 5시경에 스님들이 드리는 예불에 참석해도 되고, 안 해도 강요하지 않았다. 낮에는 가까이에 있는 암자에 가보거나 아니면 절 앞에 흐르는 개울가에 앉아서 지나가는 관광객을 딴 세상 사람처럼 구경하곤 했다. 그러다 절 경내에서 가끔 마주치는 총무 스님이 나의 장발 머리를 보고는 한심하다는 표정을 지었던 기억이 난다. 그때는 젊은 남자들이 머리를 길게 길러 펄럭거리며 다니는 것이 유행이었다. 그곳에서 공부한 적은 거의 없었지만, 그래도 고시 공부하는 선배들을 보면서 자연스럽게 그들의 길을 뒤쫓아갈 의식이 생겼던 것 같다.

"한 사람의 아버지는 백 명의 선생보다 낫다"는 말이 생각난다. 아버지께서는 공부 열심히 하라는 말씀을 한 번도 하지 않으셨지만, 자라나는 과정을 묵묵히 지켜보면서 지원해주셨다. 아버지는 현대식 교육을 받을 기회가 없으셨다. 그러나 할아버지가 동네 접장[한학 선생]을 하신 영향으로 한문은 꽤 잘하셔서 동네에서 유지행사를 하셨던 것 같다. 방 안 큼지막한 궤짝 속에는 할아버지가 한지에 붓으로 직접 쓰신 책이 가득 들어 있었다. 노란색 표지에 검은 줄로 묶인 책들이었다. 지금은 그 책들이 모두 없어져 한 권도 없다. 얼마나 소중한 유산인데 간수를 잘하지 못한 것을 부끄럽게 생각한다. 아버지에게도 학자의 DNA가 분명히 있으셨던 것 같다. 그래서 사찰을 찾아다니며 자식에게 길을 안내해주신 게 아닌가 싶다.

1976년 12월 제19회 행정고시에 합격하고 공무원의 길을 걷게 되었다. 1년 동안 경북 상주 군청에서 실무 수습을 마쳤다[당시는 새마을사업을 체득시키기 위해 행정고시 합격자들을 군청에서 부군수 자격으로 1년간 실무 수습 기간을 거치게 했다]. 정식 발령은 1977년 5월 국방부로 배치되었다. 국방부 근무 중 군복무를 위해 육군 장교로 입대하여 3년 8개월간의 의무복무를 마치고 복직하였다. 지금은 다르겠지만, 그 당시는 현역 장교들과 같은 사무실에서 근무해야 하는 국방부가 일반직 공무원들에게는 인기가 없었다. 그때 마침 공무원 해외연수 프로그램이 생겨, 선진국으로 석사과정 2년을 다녀오게 하는 제도가 생겼다.

대부분 행정고시 출신들이 순차적으로 지원하였고, 필자도 미국으로 유학 가기로 마음먹고 영어 공부를 시작했다. 지금도 그럴 것으로 생각되지만, 그때도 미국의 대학들이 인기가 높았다. 이미 서울대 행정대학원에서 석사학위를 마친 상태여서 미국 대학에서 요구하는 석사과정 조건에는 별문제가 없었다. 문제는 영어 시험 성적[TOEFL]이었다. 당시 미국 주립대학 이상 수준의 대학들은 550점 이상을 받아야 입학허가가 나왔고, 하버드와 같은 최고 수준의 명문대학들은 600점 이상을 요구했던 것으로 기억한다. 높은 TOEFL 점수를 받기 위해 몇 번 시험을 보기도 했지만, 결국 시라큐스대학(Syracuse University)을 선택하게 되었다.

2. 하와이 경유 도미(渡美) 유학

1984년 여름 학기 등록을 위해 가족과 함께 미국행 길에 올랐다. 지금 생각해도 가슴 벅찬 여행이었다. 그런데 한 가지 걱정거리가 있었다. 1983년 소련 영공을 통과하던 대한항공(KAL007편)이 피격되는 사건이 발생하고, 정확한 사고 원인이 규명되지 않은 상황이어서 알래스카(Alaska)를 경유하는 미국행 항공편을 기피하던 시기였다. 그래서 남쪽 방향 하와이를 경유하는 비행로를 택했다. 5살 딸과 함께하는 첫 장거리 비행이라 모두 긴장해 있었다. 특히, 평소에 아빠에게 냉랭하던 딸아이가 비행기가 이륙하자마자 시종 엄마 아빠 중간 자리에서 다리를 쭉 뻗고 누워갔으니 겁이 났던 모양이다.

설레는 마음으로 하와이에 도착해서 입국 수속을 마치고 나오니 미군 장교 몇 명이 영접을 나와 있어 놀랐다. 유학을 위한 휴직 직전 국방부 보직이 '한미연례안보협의회'(SCM) 업무 담당이어서 실무 카운터파트너인 주한 미군 장교[중령] 몇 명과 알고 지냈다. 이들 중 한 명이 한국에서 임무를 마치고 하와이로 귀임할 때 필자가 미국 유학 간다는 사실을 알고 유학길에 꼭 한번 들리라고 했던 기억이 나서, 하와이 경유 길이고 해서 혹시나 하고 연락을 한 것이 뜻밖에도 공항에 영접을 나오게 한 것이다. 당시만 해도 무겁고 큰 이민 가방 몇 개씩을 들고 다닐 때라, 제복을 입은 장교들의 도움을 받아 미국 땅에 첫발을 딛게 되니 영광스럽기도 하고, 송구스럽기도 했다.

하와이 KAL호텔에 체크인하고 방으로 올라가니 창밖으로 보이는 와이키키 해변이 미국에 도착했음을 실감 나게 했다. 맑은 공기와 야자수 넘어 푸른 바다는 눈이 부실 정도로 깨끗했고, 해변을 거니는 사람들이 이국임을 확인하게 했다. 다음날 공항에 나왔던 미군 장교들이 태평양전쟁 당시 일본군이 기습 공격한 진주만을 답사시켜주기 위해 호텔로 데리러 왔다. 그런데 문제는 그들이 준비해 둔 배가 VIP용 소형 모터보트여서 안전상 성인만 탑승 가능하다는 것이다. 어린 딸을 데리고 갈 수가 없게 되었다. 이러한 상황을 알고 미리 부인이 한국인인 가정에 잠시 맡겨놓고 가도록 주선까지 해놓았다. 갓 5살 된 딸아이가 이국땅에서 생면부지의 집에 혼자 있기가 불안한 것은 당연했다. 결국 아내가 딸과 함께 남아있겠다고 해서 혼자서 가이드의 설명을 들으면서 진주만 전적지를 돌아보는 호사 아닌 호사를 누렸다.

하와이 진주만 전적지는 1941년 12월 7일 일본군이 하와이 오아후

섬(Oʻahu Island)에 위치한 진주만의 기습 공격으로 피격된 군함과 시설물의 잔해들을 그대로 남겨둔 곳이다. 일본군의 공격으로 12척의 미 해군 함선과 188대의 전투기가 피격되었고, 2,335명의 군인과 68명의 민간인이 사망했다. 진주만에는 아직도 7척의 함선이 침몰한 현장을 그대로 보존하며 안보 교육의 장으로 활용하고 있다. 그중에서도 전함 애리조나호는 공격받은 지 9분 만에 침몰하였고, 인명피해는 무려 1,177명이나 되었다. 그 선체를 인양하지 않고 바다 밑에 그대로 둔 채 그 위에 전쟁기념관인 '애리조나호 기념관'(USS Arizona Memorial)을 세웠다. 그 기념관의 발아래를 내려다보면 바닷물 속으로 선체가 보이고, 아직도 엔진에서 조금씩 새어 나오는 기름이 물 위로 뽀글뽀글 솟아 올라오고 있었다. 살아있는 생생한 안보 교육의 현장이었다.

여기서 일본이 미국 진주만을 공격할 것이라는 사실을 미리 예견했던 이승만 전 대통령의 놀라운 예지력을 다시 짚어본다. 이승만 대통령은 1941년 6월 발간한 『일본의 가면을 벗기다』(Japan Inside Out; The Challenge of Today) 책에서 일본의 야심이 결국 미국 서해안을 공격할 것이라고 주장하였다. 책이 출간된 지 약 6개월 후에 일본은 실제로 하와이 진주만을 기습 공격했다. 그러자 당연히 이 책은 미국에서 베스트셀러가 되었고, 그는 일약 미국과 세계의 주목을 받게 되었다. 그 당시 일본은 한국을 완전히 식민지화했고, 만주국을 세우고 중국 상하이 이남까지 쳐들어가고 있는데도 불구하고, 미국의 조야는 일본과 일본인에 대해 호의적인 감정이 지도하고 있었다. 그 배경에는 군사적으로 1921년 이후 미국, 영국, 일본이 해군력 증강에 대해 조약을 체결하고 있었기 때문에 안전장치가 마련되어 있다고 믿던 미국 당국이 있었다. 또한, 1차 대전 이후 여론도 더 이상 전쟁에 개입하지 않고 평화스럽게 살기를 원하는 '평화주의자'들이 주도하고 있었다.

이승만 박사는 이러한 미국인들의 순진무구한 인식은 일본의 주도면밀한 선전선동(Propaganda and Agitation)과 교묘한 외교적 술수의 결과일 뿐, 실제 일본은 비밀리에 군사력 증강을 통해 제국주의 야욕을 키워오고 있다고 주장했다. 일본은 미국의 눈과 귀를 막고 태평양을 자기의 영향권에 두려고 해군력을 몰래 증강해오고 있었고, 조만간 필리핀, 괌, 하와이를 거쳐 미국의 서부 해안까지 노리는 도발을 감행할 수도 있다는 경고를 하였다. 이 책에서 일본의 야욕에 대한 예고가 맞아떨어지자 그에 대한 평가가 완전히 달라졌고, 이승만의 독립운동은 힘을 얻게 되었다. 나아가 그는 해방 이후 자유민주주의 체제를 위협하는 전체주의[공산주의]의 위험을 상기시키는 데도 크게 기여했다.

3. 미국 대학생활

시라큐스대학(Syracuse University)은 뉴욕주의 중앙에 위치한다. 그 대학에 가기로 결정한 것은 대학원인 맥스웰스쿨(Maxwell School)의 행정학이 유명했기 때문이다. 한때 미국 최고의 행정학자였던 왈도(Dwigt Waldo) 교수가 재직하기도 했고, 1980년대 당시 하버드대 케

네디스쿨과 함께 시라큐스대 맥스웰스쿨이 미국의 정책학과 행정학으로 인기가 있었다. 그래서 한국 공무원들이 이곳으로 연수를 많이 갔다.

미국 대학원에서 강의를 듣는다는 것이 생각보다 힘들었다. 영어를 어느 정도 한다 해도 미국 대학원생들을 대상으로 하는 교수 강의는 온전히 알아듣기 힘들었다. 학생들의 질문과 토론은 더욱 힘들었다. 사회과학을 전공한 경우이긴 하지만, 매주 과목당 미리 읽고 가야 할 책이 4~5권 정도가 되었다. 수업 시간 중에는 예습하고 온 미국 학생들과 교수의 토론 형식으로 주로 진행되다 보니 그 내용을 제대로 이해가 힘든 과목이 많았다. 특히 사례연구(Case Study) 강의는 더욱 그랬다. 영어만 제대로 하면 수업이 한결 편할 것 같다는 생각이 들었다.

한번은 이런 낯뜨거운 일화도 있었다. 리포트를 제출하고 며칠 후 교수 연구실로 찾으러 갔더니 리포트 표지에 "See Me"(잠깐 보자)라고 쓰여있었다. 교수 방에서 기다렸다 만난 교수께서 필자가 제출했던 과제물을 넘기면서 중간중간에 빨간 밑줄을 쳐 놓은 곳을 가리키면서 인용 출처를 꼭 밝혀야 한다는 지적을 받고, 부끄러워 얼굴이 화끈거린 적이 있다. 1980년대만 해도 우리나라는 표절에 대한 인식이 미국보다 철저하지 못해 그런 잘못을 범했던 것 같다. 그 일 이후로는 글을 쓸 때 반드시 출처를 밝히려고 노력하고 있다. 한국에서 이미 학부와 대학원에서 행정학을 전공했기 때문에 거기서는 행정학 석사와 정치학 석사까지 욕심을 부려, 'Concurrent Degree'[2개 동시 석사학위]를 마쳤다. 당시에는 타자기로 과제물을 작성하여 제출하던 시기라, 밤늦도록 타자를 도와준 아내의 조력이 컸다.

짧은 2년의 미국 대학생활에서 가장 크게 느낀 것은 미국의 국력이 미국 대학과 연구기관들의 축적된 지적 파워(Intellectual Power)에서 나온다는 사실을 알게 된 것이다. 인적자본의 차이가 국력의 차이로 나타난다. 미국 고등교육의 질이 세계 어느 나라보다 높다는 평가가 나오는 이유는 역시 자유경쟁을 통한 인재 양성 교육정책에 있다고 한다. 경쟁지역인 유럽의 대학들은 대부분 복지와 평등의 이념을 강조하기 때문에 우수한 두뇌를 키우는 데 한계가 있고, 대학들이 평준화되어 있고 학비가 무료이다 보니 열심히 연구하는 분위기가 아니라는 것이다. 2023년 세계 대학 평가에서 상위 30개 대학 중 19개 대학이 미국에 있는 대학들이라는 사실이 이를 방증하고 있다고 본다.

비록 제한적 경험이지만, 교수진과 학생들의 향학열이 우리와는 많은 차이가 있었다. 강의실이나 도서관에서 진지하게 공부하는 학생들의 모습에서 미국의 대학은 진짜 공부할 학생들만 가는 곳이라는 사실을 발견했다. 우리나라의 소위 SKY 대학 수준의 대학들이 미국 전역에 적게 잡아도 수백 개가 된다. 이들이 연구해서 축적한 지식이 우리와 비교가 안 될 것은 분명해 보였다. 당시에 처음 들어보는 인터넷이란 연결망으로 동부 시라큐스대학에서 멀리 떨어져 있는 서부 캘리포니아에 있는 대학과 연락하는 것을 보고 놀랐다.

유학 중이던 1980년대 중반에 중화인민공화국(중공) 학생들이 처음으로 미국 대학에 국비 유학을 오기 시작했다. 1972년 미국과 중국이 수교한 이후 미국 정부가 중국 유학생을 매년 3,000명을 받아들이기로 합의하고, 이들에게 미국 정부가 학생당 한 달에 600불을 장학금으로 제공하였던 것으로 기억하고 있다. 이들은 학교 근처에서 집단거주하면서 자전거로 등교했다. 도서관 구내식당에서 삼삼오오 모여 식사하는 중국 유학생들의 도시락은 양은으로 만든 두툼한 생김새의 우리 1960~1970년대 도시락과 흡사했다. 더욱 놀라운 사실은 중국 유학생들이 아껴 쓰고 남은 돈은 본국으로 송금한다는 얘기였다. 풍요로운 미국으로 유학을 왔지만, 그들의 생활은 근검절약이었다. 이들이 미국에서 선진 학문과 기술을 배워 돌아가 덩샤오핑의 개혁개방정책에 주도적 역할을 해 오늘날 중국 발전의 밑거름이 되었을 것으로 믿는다.

◎ 이국에서의 적응과 소중한 가족사

대학 주변에는 여러 형태의 기숙사가 있었다. 유학생뿐만 아니라 미국 학생들도 타지에서 온 학생들은 모두 기숙사에서 생활해야 하기 때문이다. 그중 가족을 동반한 기숙 시설은 학교에서 자동차로 5분 정도 떨어진 '슬로컴 하이츠'(Slocum Heights)라는 한적한 곳에 있었다. 등교할 때는 학교가 제공하는 스쿨버스를 주로 이용했다. 기숙사는 붉은 벽돌로 지어진 2층 건물이 옹기종기 모여 있었다. 한국에서 유학을 온 학생들이 꽤 많아 같은 동(棟)에서 살기도 했다.

시라큐스대학은 앞에서도 말했듯이 행정학으로 꽤 유명한 대학이고, 사립대학이지만 등록금이 주립대 수준이어서 공무원들이 많이 와 있었다. 그중에는 동기 또는 선후배로 이미 알고 있던 사람들도 있었다. 주말이면 가까운 공원에 가서 바비큐 파티를 하거나, 맥주 몇 병들고 집에 모여 당대 이슈에 대한 논쟁을 벌이기도 했다. 여름이면 주변에서 잔디 깎는 소리가 요란하게 들리고, 그때 나는 풀냄새가 좋았다. 지금도 잔디 깎을 때 나는 냄새를 맡으면 그때 그 시절이 떠오르곤 한다.

겨울이 되면 온 천지가 설국으로 변한다. 시라큐스 지역은 오대호 가까이 있어 겨울에 눈이 많이 온다. 그래서 한문으로 설성(雪城)이라고 표기한다. 자동차 지붕 위에 높게 쌓인 눈 때문에 누구 자동차인지 구분하기가 힘들 때도 있고, 대로에는 밤새도록 제설차가 다니고, 아침이면 집 앞 좁은 인도에까지 장난감 같은 제설차가 다녔다. 부유한 나라의 겨울은 아름답고 낭만적이었다.

어느 겨울 아침 눈을 치우고 외출하려고 집 앞에 세워둔 차를 빼려는데 어디선가 사람 소리가 들려 차를 세우고 밖을 보니 바로 앞 동에 사는 외국인 부부가 나를 보고 무언가 말을 하고 있었다. 창문을 내리고 조심하라는 경고의 소리를 듣고 몹시 당황했다. 그때 근처에 사는 어린이 몇 명이 등교를 위해 스쿨버스를 기다리고 있었던 것이다.

그 거리가 20~30m 떨어져 있어 별생각 없이 차를 빼고 있었고, 키가 작은 어린아이들이라 자동차에 가려 잘 보이지도 않았다. 설사 보였다 하더라도 한국의 운전 버릇으로는 차를 움직였을 것이다.

미국에서는 어린이들이 가시거리에 들어오면 운행 중인 자동차는 무조건 정지해서 기다렸다가 어린이들이 안전하게 이동하여 상황이 종료된 후에 움직여야 한다. 미국의 운전문화를 잘 몰랐던 것이다. 옐로우 버스[School Bus]가 정차하여 어린이가 승하차하는 동안은 버스 옆에 붙은 STOP 사인이 펼쳐지고, 이때는 절대로 추월할 수가 없다. 이를 무시하고 지나가면 범칙금을 크게 물어야 한다. 어린이들을 특별히 보호하는 그들의 교통법규가 미국생활의 첫 번째 '문화충격'(Culture Shock)이었다. 인명(人命)을 중시하는 미국인들의 한 단면이기도 하다.

시라큐스는 우리 애들에게도 특별한 곳이다. 딸은 5살에 미국 유치원(Kindergarten) 입학했을 때는 영어 한마디 못했던 아이가 6개월이 지나니 엄마보다 영어를 잘하게 되었다. 어느 날 손톱을 깨물어가면서 노력한 흔적을 발견하고는 가슴이 찡하기도 했다. 그리고 환경이 바뀌니 국내에서 줄곧 기다리던 둘째가 태어났다. 그때까지도 아버지는 슬하에 손녀만 8명이 줄줄이 태어나 늘 조상 볼 면목이 없다고 하시더니, 손자가 태어났다는 소식에 감격해 우셨다는 얘기도 나중에 귀국해서 들었다. 국내였다면 귀한 아들을 돌봐줄 사람들도 주변에 많았을 텐데, 그곳에서는 세 식구가 모두 감당해야 했다. 그래서 갓난아이 목욕도시켜 보고, 그러다 얼굴에 오줌 세례를 받기도 했다.

✎ 1980년대 우리와 미국

1984년 당시 이미 미국의 식료품 가게(Grocery Store)나 가전제품 판매장은 그 규모가 굉장했다. 지금은 우리도 대형마트가 많아졌지만, 그때 미국의 소비시장은 우리의 도매시장 같았다. 처음 몇 달간은 시간 날 때마다 가까운 식료품 가게에 같이 가서 상품들 구경도 하고, 누른 종이봉투에 먹거리를 잔뜩 사 들고 돌아오는 것이 작은 행복이었다. 전자제품 가게는 마치 전시장 같았다. 그런데 판매장의 전자제품은 일본제품 일색이었다. 특히, TV는 일제 SONY 대형 TV가 단연 인기였고, 이어 Panasonic TV였다. 우리 삼성과 LG 제품은 진열대에서 눈에 잘 띄지 않는 한쪽 구석진 곳에 자리 잡고 있었다.

학교 기숙사에 가스레인지와 세탁기는 설치되어 있었지만, TV는 개인적으로 구입해야 했다. 대부분의 유학생 사이에서 2년 정도 사용하다 귀국할 때 가져갈 욕심에 대형 SONY TV를 구입하는 것이 유행이었고, 귀국할 때쯤이면 GE 세탁기도 구매해서 이삿짐으로 보내는 경우가 많았다. 오늘날 우리 삼성과 LG의 전자제품의 위상을 생각하면 격세지감을 느끼게 한다.

1980년대까지만 해도 우리나라 보통 가정 형편으로는 자가용 자동차를 소유하는 것이 쉽지 않았다. 그러나 미국은 자동차가 없으면 생활이 거의 불가능하다. 이동 거리가 멀어서 걸어서 생활하는 것이 불가능한 곳이다. 그래서 미국 유학생활을 하면서 가장 큰 호사(豪奢)는 비록 중고이긴 하지만 자동차를 갖는 것이었다. 당시는 우리나라 1인당 국민소득이 3,000불 전후였으니, 국비 유학생에게 새 차는 무리였고, 대부분 중고차를 구입했다.

미국은 개인 간 자동차 중고 거래가 활성화되어 있어 지역 신문에 자동차 광고가 많이 나왔다. 신문 광고를 열심히 뒤져 마음에 드는 차를 몇 개 골라놓고, 주말에 먼저 온 선배들의 라이더를 받아 지도를 보면서 주소지를 찾아다녔다. 조용한 미국의 전원 마을 이곳저곳을 찾아다니는 것도 또 다른 세상을 구경하는 재미가 있었다. 보통의 경우 한 번에 구입하지 못하고 3~5회 정도를 돌아다니며 쇼핑한다. 깨끗이 세차해서 집 앞에 세워둔 차를 시운전도 해보고, 값을 흥정해서 사게 된다. 자동차를 고를 때 중요한 것은 가격과 연식, 마일리지와 차종이었다. 보통 3,000~4,000불에 10만 마일[16만Km] 이하의 자동차를 구입했던 것으로 기억한다.

미국은 자동차 이외의 물건들도 버리지 않고 집 앞 잔디밭이나 차고에 내어놓고 판다. 이를 '야드 세일'(Yard Sale), '차고 세일'(Garage Sale)이라고 하고, 이사 갈 때는 '무빙 세일'(Moving Sale)을 한다. 주로 쓰던 가구, 생활용품, 옷가지 등을 판다. 처음에는 조금 이상하기도 했으나 시간이 지나면서 필요한 물건을 싼값에 살 수 있어 주말에는 신문 광고를 보고 찾아다니기도 했다. 그것도 부자 동네에서 하는 세일은 호기심을 유발하는 물건들이 꽤 있어 재미있었다. 가난한 유학생이니 가능했던 일이고, 미국 사람들의 실용적인 삶의 단면을 볼 수 있었다.

☺ 망중한(忙中閑) 자동차 여행

미국(美國)은 이름 그대로 아름다운 국가다. 사람도 젊음 그 자체가 아름답듯이 국가도 그런 것 같다. 어딜 가나 산세와 지형이 때 묻지 않은 신선함을 느끼게 한다. 미국은 북미대륙에서도 온화한 기후대의 중간지역에 자리하고 있다. 북쪽의 캐나다와 남쪽의 멕시코가 인접하고 있지만 기후의 조건이 미국에 비해 춥고 더워 사람 살기에는 미국보다 못하다. 지정학적 관점에서도 미국은 서쪽의 태평양과 동쪽의 대서양이 그 넓은 영토를 안전하게 지켜주고 있다. 미국은 건국 후 '남북전쟁'이라는 내전을 거치긴 했지만, 단일 거대 국가로 성장해오는 과정에 외부적인 큰 장애물이 없었다. 그래서 약 250년이라는 짧은 역사에도 불구하고 세계 최강대국으로 성장할 수 있었다.

미국은 서부 지역을 제외하고는 산을 보기 힘들 정도로 광활하게 펼쳐진 대륙이다. 집만 나가면 끝없는 지평선이 전개되고, 하늘에는 뭉게구름이 하늘과 땅이 맞닿는 곳까지 깔려 있어 아름답다. 그 넓은 대륙을 철도와 도로로 잘 연결해놓았다. 그래서 미국이 세계 최대의 자동차 보유국이고, 자동차 산업이 일찍부터 발달하였다. 1980년대까지는 미국 승용차 대부분은 Ford나 GM의 대형차[4,000~5,000cc]들이었다. 일본 자동차는 막 상륙하여 조금씩 눈에 띄는 정도였고, 한국 자동차는 거의 없었다.

학기 중에는 수업과 과제물 제출로 여념이 없지만, 마지막 과목 리포트를 제출하고 나면 해방감이 몸과 마음을 들뜨게 했다. 바로 다음 날 자동차 트렁크에 캠핑 장비를 가득 싣고, 지도책 하나 들고 가족과 함께 무작정 떠났다. 학교 인근 뉴욕주와 미국 동부 지역들을 돌아다녔다. 정처 없이 자유롭게 여행이 가능한 것은 여행 장비와 인프라가 잘되어 있었기 때문이기도 했다. 미국에는 캠핑사이트가 안전한 곳에 설치되어 있고, 잘 관리되고 있었다. 경치 좋은 곳에는 으레 캠핑사이트가 있었다. 대부분 유료이지만 3~5불 정도 입장료로 안전하고, 전기와 온수까지 공급하는 곳이 많았다. 미국은 계절마다 자동차로 몇 달간씩 타지역으로 여행하는 사람들이 많아 캠핑 인프라가 잘 구축되어 있었다.

그 당시는 내비게이션이 없었던 시기라 장거리 여행을 떠날 때는 '미국자동차협회'(AAA)에 가서 여행할 도시와 지역을 알려주고 도로가 표시된 지도를 받아 떠나는 것이 일반적이었다. 행선지를 알려주면 그 자리에서 이동 경로 지도를 소책자 형식으로 묶어서, 주행할 도로를 쭉 연결해서 노랑 형광 펜으로 표시까지 해주었다. 도로가 중간에 공사 중이면 우회 도로도 알려주었다. 물론 멤버십에 가입해야 하지만, 직원들의 친절함에 놀라지 않을 수 없었다. 미국 어느 도시에서도 AAA의 간판이 눈에 띄는 것을 보면, 전국적인 조직으로 여행자들에게 편리한 서비스를 제공하고 있었다는 것을 알 수 있었다.

긴 여행을 하다 보면 하루에 10시간씩 운전하는 경우도 있었다. 그래도 미국의 고속 도로망이 워낙 잘되어 있어 크게 불편하지는 않았다. 다음 목적지까지 가기 위해 밤늦은 시간까지 운전하거나, 때로는 새벽까지 운전할 때도 있다. 그런 때이면 멀리 안갯속에 우뚝 솟은 노란색 맥도날드 M자 표식이[일명 Golden Arch] 등대 같은 존재로서 그렇게 반가울 수가 없었다. 어린 딸은 자동차 여행을 싫어하면서도 맥도날드에 들러 '해피밀'(Happy Meal)을 사는 것을 무척 좋아했다. 해피밀 세트에 끼워 주는 장난감을 모으기 위해서였고, 귀국할 때쯤 보니 꽤 많이 쌓여 있었다. 고속도로에 일정한 간격마다 반드시 있는 휴게소는 장거리 자동차 여행객들에게 휴식처로서 훌륭한 역할을 했던 것 같다.

제2부

밖으로 떠돈 공직생활

1. 캐나다, 토론토

🧭 캐나다의 겉과 속사정

천당에 비견되는 자연환경

캐나다는 지구상 러시아에 이어 영토가 두 번째로 큰 나라다. 한반도 크기의 45배나 되는 넓은 국토에 인구는 고작 3,800만 명으로 인구밀도가 낮은 국가다. 넓은 영토에 비해 인구가 적어 사람을 귀하게 여기는 나라 같았다. 그러니 이민정책도 미국에 비해 관대한 편이다. 캐나다 국기의 단풍이 상징하듯 자연이 잘 보존되어 있고, 사람들 심성도 아름다운 나라다. 소수민족의 구성 비율이 높은데도 불구하고, 차별의식이 심하지 않아 살기 좋은 다민족 국가다. 캐나다를 흔히 '999당'이라고 한다. 천당에서 하나 모자라는 곳인데, 우리 동포들의 자화자찬이 아닌가 싶다.

캐나다는 다양한 문화와 인종으로 융합된 모자이크 국가다. 인구분포는 영국계, 프랑스계가 주류이고, 이민자는 자메이카 등 중남미계와 중국계가 많은 편이다. 중국계가 급속히 늘어난 이유는 1997년 홍콩의 중국 반환을 앞두고 불안을 느낀 화교(華僑)들이 밴쿠버, 토론토 등으로 대거 이민을 왔기 때문이다. 1990년대 초중반에는 중국계 이민자들이 연 10만 명에 이르렀다. 토론토 외곽에는 중국인 위성도시가 생기곤 했다.

캐나다의 수도는 오타와(Ottawa)지만 경제와 문화의 중심지는 토론토(Toronto)다. 뉴욕이 미국의 경제와 문화의 중심지라면, 캐나다에서는 토론토가 그런 곳이다. 토론토는 캐나다 연방이 출범하면서 영국계가 작심하고 계획적으로 건설한 도시다. 시내에도 곳곳에 세계적인 골프장이 있는 것만 봐도 짐작이 간다. 5대호 중 하나인 온타리호가 근처에 있고 미국 뉴욕주에 인접한 도시이다. 캐나다의 주요 문화시설과 언론사들이 토론토에 많이 모여 있다. 미국 브로드웨이에서 공연되는 작품들이 곧바로 토론토에서 공연된다. 어떤 경우는 토론토에서 먼저 공연해서 반응을 알아보기도 한다.

정치는 주로 수도인 오타와에서 이뤄지지만, 토론토가 최대의 도시이다 보니 우리 동포들도 토론토에 많이 거주하고 있다. 특히, 프랑스 문화권인 퀘벡(Quebec) 주의 분리 독립 움직임이 절정에 이르렀을 때 몬트리올(Montreal)에 거주하던 동포들이 토론토로 대거 이주해왔다. 현재 약 12만 명이 거주하면서 생업을 꾸려가고 있다. 한때는 토론토 동포사회가 복잡하고 시끄러웠던 적이 있었다. 그 이유는 반한 인사와 친북 인사들이 살고 있었기 때문이다. 그러나 이제는 한국의 민주화, 경제발전, 국제적 위상의 격상으로 인해 정치나 이념의 문제로 동포사회가 시끄러운 시기는 지난 것 같다.

같은 듯 다른 캐나다와 미국

캐나다와 미국은 비슷한 나라 같으면서도 다르다. 양국 관계는 애증 관계라고 할 수 있겠다. 역사적으로 보면 캐나다는 국가가 성립될 때부터 미국과는 달랐다. 미국이 영국과의 전쟁을 통해 독립을 쟁취하여 미합중국을 탄생시킨 데 반해, 캐나다는 영국과 전쟁을 원하지 않은 왕당파가 북쪽으로 올라가서 세운 나라다. 그래서 캐나다의 정치체제는 입헌군주제로서 국왕은 영국 찰스 3세이며, 총독도 존재한다. 그러나 실질적인 통치는 캐나다 국민이 선출한 총리가 한다.

미국으로서는 국경을 마주하고 있고, 방패와 같은 지정학적 위치 때문에 캐나다의 전략적 중요성은 절대적이다. 그래서 미국은 캐나다의 국토방위를 함께하다시피 한다. 그 덕에 캐나다는 국방비의 상당 부분을 절약하는 안보 무임승차를 하는 셈이다. 군사비 절감으로 인한 여유 재정이 캐나다의 광범한 사회보장을 가능케 하는 것이 아닌가 싶다[2020년 캐나다 GDP 대비 군사비 1.42%: 미국 3.73%].

국제정치 무대에서도 미국과 캐나다는 항상 함께 보조를 취해왔다. 미국이 나서기 거북한 사안에는 캐나다가 먼저 나서 행동으로 옮기는 사례들도 있었다. 9·11사태 이후 미국이 아프가니스탄 공격과 이라크 전쟁을 일으키면서 캐나다는 다른 목소리를 내며 거리를 두기도 하였지만, 사안이 사안인 만큼 일시적인 현상이었다.

비록 캐나다가 미국의 안보와 경제에 많이 의존하고 있지만, 미국에 대한 캐나다인들의 감정은 좋다고만 보기 어렵다. 겉으로는 캐나다인들의 삶이 미국인들과 비슷해 보이지만, 캐나다인들 중에는 미국의 문화에 대한 거부 반응을 보이기도 한다. 좋게 해석하면 미국의 물질문화에 대한 정신적 우월감 같은 것이고, 부정적으로 보면 인접 국가로서의 열등의식이 작용한 것이 아닐까 한다.

어떻든 캐나다는 소수민족들이 이민 가서 살기에는 미국보다 편한 나라임에 틀림이 없다. 캐나다인들은 아직 순수하고 친절하다. 시골에서 여행자들이 지나가는 사람에게 길을 물으면, 자기 자동차로 앞장서서 목적지까지 데려다주고 자기 목적지로 되돌아가는 캐나다인들을 종종 볼 수 있었다. 캐나다 경제, 특히 제조업 분야는 거의 모든 부문에서 미국에 의존하고 있다. 공산품의 경우 대부분이 미국에서 수입한 물품이거나, 미국 상표의 캐나다 현지 공장 생산 제품들이다. 경제 규모가 미국에 비해 작다 보니, 우리 이민자들이 생업의 기회를 찾기는 미국만 못하다고 한다.

잠잠해진 불어권 독립 움직임

캐나다는 언어별로 영어권(Anglophone)과 불어권(Francophone)으로 나뉘어있다. 세상사가 그렇듯 다 좋을 수는 없는 것 같다. 지금은 많이 안정기에 접어들었지만, 1990년대까지 캐나다의 가장 큰 골칫거리는 불어권인 퀘벡(Quebec) 주의 분리 독립 움직임이었다. 퀘벡 주(州)

는 캐나다 대륙의 동쪽에 위치한 지역으로, 한때 프랑스의 식민지였으나 1763년 파리 조약에 의해 영국에게 넘겨준 땅이다. 그래서 주민의 80% 이상이 불어를 공용어로 사용하는 캐나다 내의 작은 프랑스라 할 수 있다. 지금도 퀘벡 주에서는 영어로 길을 물으면 불어로 답을 한다.

퀘벡 주의 분리 독립의 역사를 간단히 살펴보면, 캐나다 정당의 하나인 퀘벡당은 수시로 분리 독립을 위한 법안을 제안하거나, 분리 독립을 위한 주민투표를 연방정부에 요구해왔다. 1992년 연방정부 내에서 퀘벡 주의 자치권을 확대해서 캐나다 연방에 남도록 하는 헌법 개정안이 부결되자, 분리 독립운동 열기가 들끓기 시작했다. 1995년에는 퀘벡주 분리 독립문제를 아예 퀘벡 주의 주민투표로 결정하기에 이르렀다. 다행히 투표 결과는 분리 독립 '반대' 50.56%, '찬성' 49.44%로 아슬아슬하게 분리 독립이 좌절되긴 했다. 당시 캐나다의 정치권은 물론이고, 주민들도 영국계와 프랑스계로 양분되어, 퀘벡 주를 제외한 영어권 주요 도시에서는 분리 독립을 반대하는 시위까지 일어났다. 영어권인 토론토에서는 버스까지 임대해 퀘벡 주에 가서 반대캠페인을 벌이기도 했다.

당시 큰 관심을 가졌던 나라는 이웃 국가인 미국이었다. 소련 붕괴 이후 또 다른 연방국가 해체가 일어나는 것이 아닌가 하고 우려했던 것이다. 만약 퀘벡 주가 분리 독립되면 연쇄적으로 캐나다 서부의 다른 주들까지 분리 독립이 이뤄질 가능성이 있었던 상황이었다. 만약 그렇게 되면 미국으로서도 편치 않은 상황을 맞게 되는 것이다. 그 후

1998년 재차 투표에서는 59%의 퀘벡 주민들이 분리 독립을 반대하여 지금은 이 문제가 수면 아래로 가라앉은 상황이다. 그러나 캐나다 연방의 결속력이 강하지 않다 보니 언어와 문화가 확연히 다른 퀘벡 주의 분리 독립 움직임 재연 가능성은 여전히 남아있는 것 같다.

첫 부임지에서의 열정

연착륙

해외홍보관 첫 부임지가 캐나다 토론토(Toronto)였다. 1991년 토론토 한국 총영사관 공보 담당 영사로 부임한 것이다. 청와대 정무수석비서관실에서 1년 이상 고생하고 복귀한 뒤 본부 과장 1년을 거치고 나온 초임지로는 적당한 자리가 아니었나 싶다. 지금은 명칭이 홍보관으로 바뀌었지만, 그때는 공보관이라는 직함[Press Attache]을 가지고 현지 언론을 대상으로 우리나라 전반에 대한 홍보 활동을 했다. 물론 문화와 관광 홍보도 포괄했다.

갓 40세의 나이에 홍보관으로 부임하고 보니 전임자보다 젊어서 영계 홍보관이 왔다는 소문이 돌았다. 영사관이 있는 곳은 우리 동포들이 많은 곳이다. 홍보관의 일이 동포들을 직접 상대할 일이 많지는 않지만, 그래도 영사관은 늘 동포들과 접촉하는 기회가 많다. 당시 토론토에는 반정부단체와 인사들, 지금은 작고한 국제태권도연맹(ITF)

최홍희, 친북 성향의 신문을 발간하면서 대북(對北) 창구 역할을 하고 있었던 전충림 같은 인물들이 활동하고 있었다. 그래서 토론토 총영사관이 그리 편치만은 않은 공관이었다.

젊은 홍보관이라는 소문이 내심 부담스러웠다. 그런데 우연한 기회에 이를 극복할 수 있는 좋은 계기가 있었다. 1993년 토론토 인근 도시 해밀턴(Hamilton)에서 세계 유도선수권 대회가 열렸다. 근무지 가까운 지역에서 큰 국제대회가 열리면 동포들이 경기장을 가서 응원하고, 한국 음식을 제공하는 등 지원하는 경우가 많다. 공관 내에서의 담당관은 주로 홍보관이 맡았다.

그 유도대회에 가서 보니 대표팀 감독과 코치가 고등학교 후배들이었다. 대구 계성고등학교는 유도의 명문이다. 그래서 올림픽 금메달을 딴 고교 후배가 그 대회에 인솔자로 온 것이다. 정확히 기억나지 않지만, 이경근 선수가 아닌가 싶다. 라커룸에 들러 인사하는 자리에서 선후배로 확인되는 현장에 동포 체육회 등 단체 지도자들도 함께 있었다. 그 자리에서 홍보관이 유도 명문고 출신인 사실을 알게 된 후 크고 작은 동포 행사에서 유도 유단자에 준하는 예우를 받았다[유도를 좋아하고 좀 하는 편이다]. 그 일이 동포들과 소통하는 데 도움이 되었다.

캐나다는 단풍의 나라다. 전 국토가 아름다운 호수와 숲으로 덮여 있는 나라로 가을이 되면 시내도 단풍으로 아름답지만, 조금만 교외로 나가면 온 천지가 붉은색과 노란색의 단풍이 장관을 이룬다. 이런 경치가 캐나다의 유명한 화풍(畫風)인 '그룹 오브 세븐'(Group of Seven)을 탄생시킨 것이 아닌가 싶다. 겨울이면 도심에서 조금만 벗어나면 스키장이 많이 있다. 스키 배우기 좋은 여건이라 생각되어 가족과 같이 스키장을 자주 찾았다. 처음 부임한 영사들과 가족들에게 스키를 가르치시겠다고 맨 앞에서 일렬종대로 일행을 이끌고 달리던 자상한 총영사 기억이 아직도 남아있다. 약간은 다혈질에 욕심이 있으신 분이어서 가끔은 업무적으로 갈등도 있었지만, 인정이 많은 분이라 운동도 같이하고, 재미있게 공관 생활을 함께했다. 지금은 타계하셨지만, 가끔 생각이 난다.

캐나다 원로 기자와의 만남

유일하게 오래 기억에 남아있는 외신 기자는 토론토 유력 일간지 〈토론토 스타〉(The Toronto Star)의 경제부장을 지낸 크레인(David Crane)이다. 경제 분야에 상당히 권위가 있는 원로 기자였다. 그를 특별히 기억하는 것은 기자로서 능력도 있었지만, 인품이 아주 훌륭했기 때문이다. 정말 학(鶴)과 같이 품위가 있는 온화한 기자였다. 대체로 능력이 있으면 인품은 별로인 것이 인지상정 아니던가. 직업상 내외신 기자들을 많이 상대해봤지만, 기자들이 메시지를 남겨도 바쁘다는 이유로 회신(Call-back)하는 경우는 많지 않다. 그러나 그는 반드시 회신을 해왔던 보기 드문 기자였다. 한국을 방문 취재하여 한국 경제 특집 기사를 쓰기도 했고, 가끔 만나서 한국 경제의 발전상에 대해 담소도 나눴던 기자였다.

1993년 11월 APEC(Asia Pacific Economic Cooperation)회의가 경제장관회담에서 정상회담으로 격상되고, 그 처음 회의가 미국 시애틀에서 열렸다. 당시 우리 김영삼 대통령이 참석했다. 작은 체구이지만 어느 나라 대통령보다 자신감 있는 자세가 아주 인상적이었다. 대통령이 해외 순방을 하게 되면 인근 지역 홍보관들 몇 명이 행사장이 있는 곳으로 먼저 출장을 가서 공보지원을 하게 된다. 필자도 토론토에서 시애틀로 출장하여 지원 업무를 하였다. 행사장 내에 설치된 외신 프레스센터를 들렀는데 거기서 우연히 크레인 기자를 만났다. 캐나다 기자로서 그 행사를 취재하러 온 것이다. 서로 객지에서 만나니 더욱 반가웠다. 그에게 우리 대통령 행사 내용과 우리 경제자료를 설명할 욕심에 다음날 숙소 호텔에서 조찬을 함께하기로 했다.

솔직히 그때까지만 해도 서양식당에서 손님을 접대하는 것이 익숙하지는 않았다. 한국식당이나 중국, 일본 식당이면 편안할 수 있었을 것이다. 원로 대기자를 초대한 자리인지라, 단순한 생각에 초청한 사람이 좋은 메뉴를 주문해야 손님도 마음 편하게 메뉴를 고를 것으로 여겼다. 그래서 조찬인데도 불구하고 먼저 정식 코스에 가까운 메뉴를 선택했다. 그런데 그 기자는 예상과는 달리 간단한 메뉴를 선택하는 것이었다. 순간 아차 싶었지만 이미 주문한 메뉴라 그냥 기다렸다. 그렇게 시작된 조찬은 결국 먼저 식사가 끝난 원로 기자를 기다리게 만들었다. 식사를 중단할 수도 없고, 계속하자니 진땀이 났다. 그러나 캐나다 신사 기자는 식사가 다 끝날 때까지 기다려줬다.

그 일 이후, 어려운 손님과 식사할 때, 특히 바쁜 기자와 식사할 때는 메뉴 선정에 신중해졌다. 먼저 메뉴를 정하지도, 복잡한 메뉴를 선택하지도 않게 되었다. 실수를 통해 시간을 다투는 기자를 대하는 요령을 한 수 터득했다. 대통령 순방 행사 공보지원 업무 얘기는 다음에 자세히 할 기회가 있을 것이다. 그때 처음 행사지원 나가서 어리벙벙했던 것을 생각하면 지금도 낯이 화끈거린다. 그 행사에서 혼신의 힘을 다한 선배 홍보관들에게 미안하고, 지금은 유명을 달리한 성 모 홍보관에게 특히 그런 생각이 든다.

서양 언론에 대해 조금 더 이야기해보자. 미국과 캐나다의 언론들은 자유를 만끽하지만, 대신 언론인들에게 적용되는 윤리강령은 엄격하다. 그리고 기자들이 이를 철저히 지키려고 노력한다. 이런 국가의 기자는 특별한 뉴스거리가 있거나, 개인적으로 인연이 없는 경우에는 외국에서 온 외교관이나 정부 관리들을 쉽게 만나주지 않는다. 취재를 위해 꼭 필요한 경우가 아니면 식사 초대에는 더욱 응하지 않는다. 무리하게 요청하면 오해하는 경우도 생길 수 있다. 직접 경험한 외신 기자들은 대부분 취재차 식사에 응한다 해도 다음번엔 반드시 자기가 초청[Return]하는 경우를 많이 봤다. 이러한 그들의 직업윤리 의식을 인식한다면, 우리 정부가 외국의 기자를 국내로 초청할 때 가끔 거절하는 경우를 이상하게 생각할 필요가 없을 것이다.

동포사회 지원이 갈등의 씨앗?

토론토에는 명문대학인 토론토대학(University of Toronto)과 요크대학(York University)이 있다. 1990년대 토론토대학은 미국을 포함한 북미지역의 대학 중에서 한국학 연구의 역사가 가장 오래되고, 성공적으로 진행되고 있었다. 그래서 한국 외교부 산하기관인 국제교류재단(Korea Foundation)으로부터 매년 일정액의 지원을 받고 있었다. 그런데 문제는 한국인 교수를 중심으로 한 대학 측과 동포사회의 후원 단체 간의 알력이 심했다. 국제교류재단이 양측의 갈등이 심각해지는 상황에 이르자, 급기야 재단 지원금을 중단하는 사태가 발생하게 되었다.

당시만 해도 해외 유수 대학들이 한국학 과정을 개설하고 국제교류재단으로부터 지원받기 위해 줄을 서 있었다. 그러니 재단의 지원금으로 인해 불화가 커지는 대학에까지 굳이 지원할 필요성이 없다고 판단했던 것은 당연한 일이었다. 우리 동포사회가 다 그런 건 아니지만, 조그마한 사안을 두고 불화를 빚는 경우가 왕왕 있고, 이로 인해 주류사회에 좋지 않은 인상을 주는 경우가 있었다. 해외에 나와서까지 서로 헐뜯고 싸우는 폐습은 근절되어야 한다.

한편, 우리 정부 기관이나 단체가 동포사회를 지원할 때 신중해야 한다는 시사점을 던진다. 잘못 지원하면 동포사회에 불화를 일으키거나 동포사회의 자생력을 약화시킬 수 있기 때문이다. 외국의 대학이나 박물관 등은 이미 그 지역의 우리 동포사회가 후원하는 경우가 많다.

이들 단체는 그 기관에 영향력을 이미 행사하고 있기 때문에 어느 날 갑자기 한국의 국내 기관에서 지원하게 되면 일이 복잡하게 꼬인다. 지원이 단순한 재정지원이 아니라 '자리'를 만들기 위한 지원일 경우는 더욱 그렇게 되기 쉽다. 이런 제반 상황을 잘 파악하지 않고 지원할 경우, 동포사회의 갈등 조장은 물론이고 지원하는 사업의 성공도 보장할 수 없게 되는 것이다.

토론토대학 한국학 지원이 난항을 겪는 바람에 토론토에서 두 번째로 큰 대학인 요크대학에서 지원받게 되었다. 그때 한국문학을 전공한 미국인 교수 한 분이 요크대학에 한국문학과 한국문화 과정을 개설하고, 국제교류재단으로부터 지원받았다. 이러한 과정을 지켜보면서 한국학진흥은 오히려 외국인 교수가 수행하는 것이 효과 면이나 부작용 예방 차원에서 낫다는 생각을 했다.

한복의 황홀함

1995년 10월 김영삼 전 대통령이 캐나다 국빈 방문길에 토론토를 방문하였다. 대통령 토론토 방문 행사를 무사히 끝내고, 소위 후속홍보 사업으로 '한복 패션쇼'를 개최하게 되었다. 토론토 시내에서 가장 유서 깊고 고풍스러운 '로열 요크 호텔'(Royal York Hotel)에 캐나다 현지인들과 문화계 인사 약 300여 명을 초청한 디너 패션쇼였다. 한국에서 한복 디자이너 이용주 중앙대 교수가 현지에 왔다. 행사는 예상외로 대성황을 이뤘다. 홀을 가득 메운 관중들은 화려한 각양각색의 한복을 입은 모델들이 런웨이(Runway)를 걸어 나올 때마다 탄성을 자아냈다. 그때까지 캐나다인들이 다양한 한복의 아름다움을 제대로 볼 기회가 없었던 것이다. 궁정복에서 평상복에 이르는 100여 벌의 한복의 아름다움에 모두 매료되었다. 오히려 행사 주최 측은 캐나다인들의 놀라운 반응에 감동했다.

지금은 K-pop의 위력으로 상황이 달라졌겠지만, 그 당시의 동양문화는 중국문화로 알려져 있었다. 특히 캐나다와 같이 중국인들이 많이 거주하는 지역은 더욱 그랬다. 그래서 이런 행사를 자주 해서 한국의 전통문화가 중국문화와 다르다는 인식을 심어줄 필요가 있다. 특히 한중간에는 여러 가지 문화의 종주권 다툼이 있다. 한복도 그중 하나이다.

행사가 끝났는데도 참석자들이 쉽게 자리를 떠나지 않고 만족해하는 모습을 보면서 해외홍보 업무에서 오는 보람을 처음 느꼈다. 행사 주관은 토론토 총영사관이었지만, 현지에서 행사에 많은 도움을 주신 유인희 교수에게 감사하는 마음을 아직도 가지고 있다. 토론토를 떠난 후에도 인사할 기회를 찾고 있었으나 해외로 이곳저곳 떠돌아다니다 보니 아직도 이루지 못하고 있다.

ROM에 한국실 설치

토론토 시내 중심가에 6백만 점 이상의 소장품을 보유한 캐나다 최대 박물관 '로열 온타리오 박물관'(Royal Ontario Museum)이 있다. 이 박물관은 세계적으로 중국 소장품이 많기로 특히 유명하다. 이 박물관에 한국 유물을 상시로 전시할 수 있는 한국실(The Gallery of Korea) 설치를 위해 우리 동포사회의 뜻있는 분들이 오랫동안 애써왔다. 그 숙원 사업이 1996년 드디어 결실을 보게 되었다.

한국의 문화를 해외 널리 알리기 위해 한국 정부는 국제교류재단의 지원으로 해외 유수 박물관에 한국실 설치를 연차적으로 추진해왔다. 만약 박물관에 한국의 유물이 어느 정도 소장되어 있고, 상설 전시할 필요가 있다고 판단하면 국제교류재단이 조사와 심사를 거쳐 박물관에 지원했다. 박물관은 적절한 공간에 한국실이라는 별도의 공간을 마련하여 한국 유물만 상설 전시하는 사업을 했다.

토론토 박물관의 경우 총소요 경비가 100만 불 정도 소요되었고, 그 절반은 한국 측[국제교류재단 또는 동포사회의 지원단체]에서 마련하고, 나머지 50만 불은 박물관 측에서 부담하는 소위 매칭펀드(Matching Fund) 형태로 추진한 것이다. 다른 지역의 지원 원칙도 유사했던 것으로 기억한다. 토론토 동포사회는 지금은 고인이 된 캐나다 한국미술진흥협회 이사장 황대연 박사를 중심으로 동포사회의 문화예술계 인사들이 힘을 모아 그때까지[1995년] 수십만 달러의 기금을 모아놓았다. 그러나 국제교류재단은 세계 여러 유수 박물관으로부터 경쟁적으로 지원 요청 받은 상태였기 때문에 토론토 박물관에 당장 지원할 계획은 없었다.

그러던 중 아주 우연한 기회에 캐나다의 한 할머니가 한국의 국보급 고려청자와 이조백자 수십 점을 소장하고 있다는 사실을 전해 들었다. 그리고 본인이 타계하기 전에 이 소장품을 박물관 등에 기증할 용의가 있다는 사실도 알게 되었다. 그분이 당시 90대 중반의 조지 해리스(Mrs. George G. R. Harris) 여사였다. 만나보고 싶어 연락을 취했으나 처음에는 방문을 거절당했다. 여러 번 한국 문화홍보관 직함으로 요청한 결과, 해리스 여사가 방문을 허락해주었다. 어느 국가에서나 문화홍보관은 문화계 인사들에게 접근할 수 있는 편리한 직함이었다.

해리스 여사의 아파트는 부유한 노인들이 주거하는 토론토 중심가의 고급 아파트였다. 토론토에는 경제력이 있는 노인들이 보안이 잘된 고급 아파트에 모여 살고 있었다. 해리스 여사의 아파트도 여느 고급 아파트와 마찬가지로 출입이 제한되었다. 입구에서부터 안내받으며 들어선 아파트 내부는 가구와 집기들에서 고풍스러움을 느끼게 했고, 손님 앞에 내놓는 간단한 차와 쿠키에서 영국적인 분위기를 느낄 수 있었다.

해리스 여사는 생전 캐나다에서 가장 유명했던 건축가의 외동딸로, 만났을 당시 이미 상당히 연로했다. 최고로 공손한 예의를 갖추면서 거실 한쪽에 전시돼있는 한국 도자기들에 대해 조심스럽게 물어보았다. 젊었을 때부터 유복했던 해리스 여사는 1930년대 전후해서 친구와 함께 뉴욕으로 여행 갔다가 골동품 시장에서 우연히 발견한 한국 고려청자에 매력을 느끼기 시작했다고 했다. 그 후 그녀는 프랑스 파리 등 세계를 여행하면서 한국의 고려청자는 물론 분청사기, 이조백자를 수집했다고 했다. 한국 도자기의 매력이 무엇이라고 생각하느냐는 질문에 그녀는 중국과 일본 도자기와 다른 은은한 색깔과 분위기가 좋다고 했다. 거실 장식장에 비치된 50여 점의 도자기들은 한눈에도 보물급으로 보였다.

어렵게 방문한 기회여서 결례를 무릅쓰고 소장품들을 한국으로 돌려보낼 의향은 없느냐고 물었더니, 모든 소장품은 직접 구입[합법적으로]한 것이어서 한국으로 돌려보낼 생각은 없다고 분명하게 말했다. 다만, 본인이 언제 세상을 떠날지 모르니, 캐나다인들이 누구나 볼 수 있는 공공의 장소라면 소장품들을 모두 기증하겠다고 하였다. 마침 토론토로열 온타리오 박물관에 한국실 설치가 현안으로 되어있었기에, 박물관에 한국실이 설치되면 그곳에 기증받을 수 있겠다는 생각이 순간 스쳐 갔다. 사실 박물관 내 한국실 설치도 중요한 일이었지만, 해리스 여사가 소장하고 있는 국보급 유물을 타계하시기 전에 기증받아 놓는 것이 더 중요하다고 생각했다. 그렇지 않으면 한국의 귀한 유물들이 뿔뿔이 사라질 수도 있는 상황이었다.

그래서 서둘러 해리스 여사의 유물에 관한 내용을 국내[우리 부처와 국제교류재단]에 보고하고, 동시에 국내 모 신문사에서 나와 있던 연수특파원에게 제보하여 해리스 여사의 한국 유물에 관한 보도를 유도했다. 로열 온타리오 박물관 내에 한국실 설치 분위기를 조성하면서 해리스 여사의 소장품도 기증받고 싶었다. 두 마리의 토끼를 잡을 셈이었다.

노력 끝에 국제교류재단에서 그해 최창윤 이사장이 직접 현지 실사를 나왔다.

재단 본부의 심의를 거쳐 로열 온타리오 박물관 한국실 설치에 예산을 지원키로 결정되었다. 이 사실을 박물관 측에 통보하고, 한편으로는 해리스 여사에게도 설명하여 소장품을 박물관 한국실에 기증키로 하는 약속을 재확인했다. 그렇게 하여 1996년 토론토 로열 온타리오 박물관에 한국실이 설치되었고, 해리스 여사가 평생에 걸쳐 수집하고 보관해온 국보급 유물들도 많은 사람이 관람할 수 있는 박물관 한국실에 전시되어 빛을 보게 되었다.

그 후 23년이 지나 2019년 토론토에 거주하는 지인에게 박물관 한국실이 잘 운영되고 있는지 물었더니, 지금은 관리가 잘되지 않고 있다는 소리를 듣고는 마음이 무거웠다. 여기서 우리가 다시 짚고 넘어가야 할 일이 또 있다. 우리나라가 해외에 지원하는 한국학진흥 사업이나 박물관 한국실 설치 등에서 가장 큰 취약점은 시작할 때는 잘하는데 사후 관리가 안 된다는 데 있다. 사후 관리는 결국 지속적인 재정적 지원의 문제와 직결된다. 사업추진 시작 단계부터 장기적인 재정지원계획이 수립되어야 한다는 얘기다. 한국학진흥은 석좌 교수의 임용, 박물관 한국실의 경우 한국 소장품 전문 큐레이터(Curator)의 지속적인 채용 문제가 관건이라고 생각한다.

앞에서도 말했듯, 토론토는 해외홍보의 일을 시작한 첫 근무지였다. 첫정이 많이 깃든 곳이기도 하다. 3년간 동분서주하면서 열심히 일했다. '무식하면 용감하다'는 말이 적용되는 경우다. 닥치는 대로 주류사회의 언론계와 문화계 그리고 동포사회도 깊숙하게 관여하면서 열심히 뛰어다녔다. 근무를 마치고 떠나는 홍보관에게 공관장이 고별 리셉션(Reception)까지 열어주었다. 영사관 강당에서 개최되었는데, 캐나다 현지 인사와 우리 동포 지도자들이 생각보다 많이 참석하여 성황을 이뤘다. 게다가 참석해준 것만 해도 고마운데, 한 사람 한 사람 단상에 나와서 홍보관의 치적을 언급하고, 악수와 작별 인사를 하면서 마음을 담은 조그마한 기념품까지 선물로 주었다. 지금도 그때 받은 기념품들을 보관하고 있다. 개인적으로 보람되고 영광된 순간이 아닐 수 없었다. 그 후로 세계 여러 공관에서 근무했지만 토론토와 같은 곳은 없었던 것 같다. 역시 캐나다와 토론토다운 인간미와 여유가 있는 곳이었다. 주재관의 이임 리셉션을 열어준[흔한 일이 아닌] 당시 심경보 총영사와 짧은 기간 근무해 아쉬웠고, 인품 훌륭한 외교관으로 기억하고 있다.

⌖ 명소를 찾아서

소설 『빨간 머리 앤』 배경지

해외 공관 근무에도 1주일 정도 여름 휴가를 갖지만, 국내에서와 마찬가지로 마음 편히 보내지 못한다. 누가 뭐라고 해서가 아니라, 단독 공관의 경우 대신 업무를 봐줄 사람이 없어서다. 1993년 여름 휴가로 캐나다 최동쪽에 위치한 섬 '피이아이'(P.E.I., Prince Edward Island)에 갔다. 작은 섬이지만 캐나다의 일개 주(州)이다. 그곳이 유명한 것은 여름 피서지이기도 하지만, 몽고메리(Lucy M. Montgomery)의 소설『빨간 머리 앤』(Anne of Green Gables)의 배경지이기 때문이다.

토론토에서 거기까지 거리는 약 1,660km로 캐나다에서 처음으로 가족과 함께한 먼 자동차 여행길이었다. 국산 차이긴 하지만, 다행히 새 자동차여서 여행의 불안감은 옛날 유학 시절 낡은 차를 몰고 다닐 때와는 달랐다. 지금은 없어졌지만, 당시에는 캐나다에 우리 현대자동차 현지생산 공장이 있었다. 그때는 공관장을 제외한 공관원들은 감히 외제 자동차를 탈 생각을 하지 못했던 시절이었다. 당시 현대자동차 캐나다 현지 공장 사장의 권유와 옵션 혜택에 끌려 소나타(SONATA)를 구입해 타게 되었다.

북미대륙은 서부 지역을 제외하고는 달려도 달려도 끝이 없는 지평선이다. 국토의 70%가 산인 우리나라 사람들에게 지평선은 그 자체로 신비스럽다. 멀리 지평선까지 펼쳐진 창공에 무심하게 떠 있는 흰 구름은 더없이 평화롭다. 달리는 차창 밖으로 스쳐 가는 농촌 풍경은 한 폭의 그림이었다. 들판에는 둥근 건초더미가 군데군데 흩어져 있었고, 드문드문 알록달록한 지붕과 굴뚝에서 피어오르는 연기가 인간 세상임을 말해주었다.

"하늘과 대지가 끝없이 넓고 길어도 언젠가는 다할 때가 있다"(天長地久有時盡)라고 당나라 시인 백거이가 〈장한가〉(長恨歌)에서 읊었듯, 고속도로를 며칠 동안 달리니 캐나다 대륙의 동쪽 끝 노바스코시아(Nova Scotia)에 다다랐다. 거기서부터는 검푸른 대서양을 건너야 했기에 자동차와 함께 배에 올랐다. 그 배는 많은 짐과 사람을 태우고 거친 바다를 건너기에 충분할 정도로 크고 튼튼해 보였다. 승선한 사람들은 대부분 장거리 여행을 다니는 미국 여행객들이었다. 캐나다 노바스코시아, 피이아이는 북미대륙 북동쪽 끝에 위치하고 있어 미국인들도 여름 휴가지로 많이 찾는다.

힘겹게 달려와 도착한 피이아이에서 마주친 첫 난관은 숙박이었다. 평소에도 약간 그런 버릇이 있지만, 이때도 예약 없이 무작정 떠난 대가를 톡톡히 치렀다. 피이아이는 워낙 좁은 지역인 데다 여름철에는 많은 여행객이 몰려와 숙박 시설이 기본적으로 부족한 곳이다. 호텔과 모텔마다 모두 빈방이 없다는 사인[No Vacancy]이 밖에 걸려 있었다. 그래서 하는 수 없이 관광안내소에 가서 도움을 요청했더니, 시내를 완전히 벗어난 곳에 있는 민간주택 비앤비(B&B)를 알선해주었다. 그나마 잠자리를 구하게 되어 다행이라 여기고 어두운 시골 길을 한참 달려 겨우 찾아냈다. 집은 시골 밭 옆에 있는 어두 컴컴하고 낡은 작은 집이었다. 모처럼 가족과 함께 먼 길을 힘들게 달려온 여행지의 숙소로는 어울리지 않았다. 가족들에게 미안하기도 했지만, 늦은 시간에 어쩔 도리가 없어 하룻밤을 거기서 묵기로 했다. 침구나 아침 식사는 허술했다.

다음 날 아침 『빨간 머리 앤』 소설의 무대인 농장[Anne of Green Gables]을 둘러보고 도심인 샬럿타운(Charlottetown)으로 나왔다. 농촌은 대부분 감자밭이었고, 밭의 토양은 온통 붉은색이었다. 그리고 가끔 해변을 달리다 나타나는 어촌에는 랍스터를 잡는 통발들이 쌓여있어 보기 드문 풍경을 감상하기도 했다. 주수도(州首都)이긴 하지만 샬럿타운은 조그마한 시가지였다. 그러나 여름 한 철은 관광 성수기를 보내는 것 같았다. 소설 배경지로 유명한 곳이라 미국이나 세계에서 학생들이 많이 와 있었다. 특히, 일본 학생들이 많은 것이 흥미로웠다.

뮤지컬 〈빨간 머리 앤〉을 애들에게 보여주고 싶어 극장표를 예매했다. 공연이 저녁 시간이라 호텔에 들어가 잠시 쉬기로 했다. 관광안내소에서 예약해준 호텔도 찾아가 보니 공연이 끝나고 다시 호텔로 돌아오면 밤늦은 시간이라 좀 문제가 될 것 같다는 생각이 들었다. 그런 사정을 호텔 직원에게 이야기했더니 친절하게도 그 호텔을 취소해주고, 극장 가까이 있는 다른 호텔을 예약까지 해주었다[그 관대함은 나 자신을 뒤돌아보게 한 순간이었다]. 극장 앞에서 공연 시간을 기다리는 동안 우연히 '한국전참전용사비'를 발견하곤 감격스러워 애들과 함께 기념 촬영도 하였다. 캐나다는 이런저런 연유로 좋은 기억이 많다.

북극 가까운 원주민 마을

토론토 근무하는 동안 기억에 남는 또 다른 여행은 '북극곰 특급열차'(Polar Bear Express)였다. 온타리오 주 북쪽으로 길 닿는 끝까지 올

라가는 여행길이다. 북극에 근접하는 여행이라 안전을 위해 여름철에
만 잠깐 운영되는 기차 여행이다. 최소한 1박 2일은 소요되기 때문에
중간 지점의 조그마한 마을에 있는 숙박 시설에 예약이 없으면 기차표
예약이 안 되는 여행 코스다. 그래서 많은 사람을 수용할 수 없었다. 자
동차로 하루 정도 달려가면 더 이상 갈 수 없는 마을(Cochrane)에서 1
박하고, 거기서부터는 기차로 갈아타고 북쪽으로 계속 간다. 북극을 향
해 달리는 기차 창밖에 인적은 아예 없고, 툰드라(Tundra) 지역의 키
작은 침엽수림과 호수들뿐이다. 한참을 가다 밖을 내다보니 대지가 온
통 시커멓다. 노천 석탄 광산이라는 사실을 안내 방송을 통해 알게 되
었다. 그곳을 한참을 달렸으니 캐나다의 천연자원 보존량을 가름하기
어려울 정도였다.

캐나다는 빙하로 인해 크고 작은 호수가 많은 호반의 나라이다. 캐
나다의 큰 호수 안에는 섬이 있고, 그 섬에 들어가면 또 호수가 있었
다. 최종 목적지로 가는 도중에 큰 강을 한 번 건너야 했다. 그 강은 말
이 강이지 바다같이 넓었다. 강물은 낙엽 섞은 검붉은 색깔로 집어삼
킬 듯 넘실거렸다. 선착장에 도착하니 정박한 배들은 나무로 만든 카
누(Canoe) 같은 배였는데 모터 엔진이 달려 있었다. 온 가족이 어리둥
절하여 다른 큰 배가 없는지 물어보았지만, 대안은 없었다.

카누가 거친 물살을 가르며 헤쳐나가기 시작하자 온 식구가 겁에
질려 얼굴이 파래졌다. 강 중간에 이르자 높은 파도에 부딪히는 나무
배에서는 '찌지직 찌지직' 소리가 나고 뱃머리는 하늘을 향했다 내려

오기를 반복했다. 일가족 몰살이라는 뉴스가 남의 일이 아닌 것 같았다. 설상가상 위험을 더 느끼게 한 것은 뒤에서 배를 조종하는 사람이 어린 인디언 친구였다. 도강(渡江)하는 시간이 '일각이 여삼추'였다.

더 이상 북쪽으로 올라갈 수 없는 종착지가 북위 62도인 '허드슨만'(Hudson Bay)이었다. 조그마한 시골 마을에 인디언[원주민, Aboriginals]들이 거주하고 있었다. 캐나다 인디언은 아직 약 180만 명으로 캐나다 인구의 5%를 차지할 정도로 많다[2021]. 캐나다에는 3개의 인디언 종족들이 살고 있는데, 그곳의 인디언들은 숫자가 가장 많은 '퍼스트네이션'(First Nations) 인디언이었다. 그 외 '메이티스'(Metis) 인디언, '이누이트'(Inuit) 인디언이 살고 있다. 그곳 인디언들도 동물 가죽을 교역하거나 수공예품을 만들어 여행객에게 판매하면서 생업을 하고 있었다. 길거리에서 마주치는 남자들이 술에 취했는지, 약물 중독인지 알 수는 없었지만 비틀거렸고, 생김새가 우리를 닮아 가슴이 아렸다.

2. 미국, 샌프란시스코

⏱ 살기 좋다는 샌프란시스코

샌프란시스코는 미국인들이 가장 살고 싶어 하는 도시로 꼽힌다. 샌프란시스코는 지형이 반도(San Francisco Peninsula)이다. 남쪽만 육지로 연결되어 있다. 북쪽 해협을 연결한 것이 '금문교'(Golden Gate Bridge)다. 이 다리가 생기면서 샌프란시스코 반도가 북쪽 내륙지역과 연결되었다. 서쪽의 거대한 태평양에서 오후 서너 시가 되면 흰 구름이 두꺼운 솜이불 같은 형상으로 육지로 서서히 상륙하는 장관을 목격할 수 있다. 이 구름이 열기를 흡수하여 한여름 대낮에도 시원하다.

반면, 샌프란시스코 반도를 조금만 벗어나도 여름철은 푹푹 찐다. 그래서 샌프란시스코에는 하루에 4계절이 있다고들 한다. 아침저녁으로는 늦가을 날씨, 한낮은 따뜻한 초여름, 한밤중은 제법 쌀쌀한 초겨울 날씨다. 그래서 자동차 트렁크에 코트 한 벌은 갖고 다닌다. 주택은 주로 목재로 지어져 있고, 난방시설이 잘 갖춰지지 않은 집들이 많다. 그래서 겨울철은 오싹하게 춥다. '샌프란시스코의 겨울이 가장 춥다'는 말도 있다.

샌프란시스코는 금문교 관광으로 먹고산다고 해도 과언이 아니다. 금문교는 기능도 중요하지만 아름다움이 빼어나다. 안개가 짙게 내려

앉으면 금문교가 마치 구름 위에 떠 있는 것 같은 몽환적인 분위기를 만들어낸다. 금문교와 관련된 추억이 있다. 새해 첫날이면 당시 총영사(허리훈)가 공관 직원들과 함께 금문교(2,737m)를 달린다. 금문교 위는 바닷바람이 셌다. 그냥 걷기에도 중심 잡기가 쉽지 않았고, 고소공포증이 있는 사람은 고통스럽기까지 했다. 새해맞이를 금문교에서 하고 관저로 가서 떡국을 먹었다.

금문교 바로 옆에는 미 해군 시설에 '버거킹'(Burger King) 햄버거 가게가 있었다. 아마도 세계에서 가장 아름다운 위치에 자리 잡고 있지 않았나 싶다. 아들이 중학교 다닐 때라 그곳을 가끔 들러 바로 눈앞의 금문교를 감상하기도 했던 기억이 있다. 불행히도 2019년 미국 여행 중에 옛 추억을 되살려보려고 가족과 함께 갔더니 그 햄버거 가게가 없어져서 아쉬웠다.

샌프란시스코는 바람과 낭만의 도시다. 처음 그곳에 가서 마음이 끌린 것이 맑고 시원한 바람이었다. 이런 천혜의 자연은 자유로운 영혼을 길러낸다. 1970년대의 히피문화가 탄생하고, "샌프란시스코에 가면 머리에 꽃을…"[Scott Mckenzie]이란 노래가 한때 유행하기도 했다. 버클리대학을 중심으로 한 젊은이들의 인종차별 철폐와 반전운동의 상징이 '꽃'이었다. 샌프란시스코는 도시 전체가 여행지의 기분이 난다. 거리에 주민들은 잘 보이지 않고, 전 세계에서 모여든 관광객이 여기저기 눈에 띈다. 미국에서 대표적인 관광도시답게 관광업이 융성하는 곳이기도 하다.

좋은 기후 탓인지 길거리에는 노숙자들도 많았다. 종이 박스가 그들의 집이고 신문지가 이불이었다. 최근에는 마약 중독자들이 늘어나 중심가인 '유니온스퀘어'(Union Square)에서도 절도 행각이 심각하여 백화점이나 상가가 철시한다고 하니, 격세지감이다. 또, 샌프란시스코에는 성 소수자들이 거주하는 구역이 있다[게이 마을]. 연례 퀴어(Queer) 퍼레이드가 있는 시기에는 미국 전역에서 사람들이 모여들어 시청 앞 넓은 도로를 가득 메운다. 60~70대로 보이는 할머니들까지 무지개 색깔 복장을 하고 손잡고 걷는 모습이 애교스럽고 신기했다. 샌프란시스코 의과대학이 에이즈(HIV) 치료에 상당히 권위가 있다고 한다. 성 소수자가 많이 거주하는 지역과 관련성이 있는 것 아닐까 싶다.

샌프란시스코 '차이나타운'(China Town)은 역사도 깊고 크기도 크다. 미국 서부 대개발 역사의 흔적으로, 19세기 초 골드러시(Gold Rush) 때 대륙횡단 철도 건설 공사에 중국 노동자들이 대거 참여하게 되었고, 철도가 태평양 연안인 샌프란시스코까지 연결되자 이들을 여기에 안착시켰던 것이다. 그래서 샌프란시스코는 미국 내에서도 중국인들을 많이 볼 수 있는 도시다[시민의 약 20%]. 초기에는 중국인들이 자치권까지 가졌다고 한다. 지금은 그 정도는 아니지만, 샌프란시스코는 중국인들에게는 특별한 곳이다. 중국 음식도 미국 어느 지역보다 맛있었던 것 같았다.

그리고 러시아인들도 많이 거주한다. 러시안 힐(Russian Hill)이라는 도심의 한 구역은 서부개척 시대에 이곳에 묻혔던 러시아 모피

상과 선원들의 묘지에서 유래된 곳으로, 관광지로도 유명한 롬바르도 (Lombardo) 길과 연결되는 곳이다. 그 후 1917년 볼셰비키 혁명 때 해외로 도피한 러시아인들로 이어져 왔다. 우리 동포들은 그 정도에는 못 미치지만, 자칭 수준 있는 동포들이 많이 거주하는 곳이라고 자랑한다. 그 이유는 이민 과정과도 관련이 있다. 미국에 이민을 올 때 처음에는 대부분 로스앤젤레스(LA)로 와서 거기서 10여 년 고생하다 성공한 동포들이 샌프란시스코로 이주해온다고 한다. 샌프란시스코는 미국인들도 살고 싶어 하는 선망의 도시이니 일리 있는 얘기 같다.

⏱ 긴 인연, 짧은 근무

인연의 시작

한국 대통령이 미국 대통령과 워싱턴에서 정상회담을 하게 되면, 우리 대통령은 회담 하루 이틀 전에 미국 서부 지역에 도착해서 간단한 일정을 먼저 갖고, 그다음 동부로 향하는 것이 관행으로 되어있다. 태평양을 건너는 장거리 비행시간에다 시차까지 있으니 적응을 위해서도 필요한 여정이다. LA, 샌프란시스코, 시애틀에 동포들도 많이 거주해 주로 이들 지역이 대상이 된다. 이런 곳에서 1박 2일 정도의 일정으로 동포 행사 등을 갖는 것이 보통이다.

1996년 9월 김영삼 대통령과 1998년 6월 김대중 대통령이 미국을 방문하는 길에 샌프란시스코를 방문하게 되었다. 공교롭게 두 번의 대통령 행사에 공보지원 요원으로 샌프란시스코에 출장 가서 한 달씩 머물렀다. 대통령 행사에서 공보지원 요원의 가장 큰 임무는 100여 명에 이르는 기자단 숙소를 마련하고, 그 호텔에 프레스센터를 설치하는 것이다. 그리고 그다음으로 중요한 일은 대통령의 동선에 따라 취재지원 계획을 세우는 것이다. 취재지원은 물론 상대국의 공보요원과 협의를 거치게 되고, 이를 기준으로 기자들을 인솔하여 행사장에 미리 도착하여 원활하게 행사 취재를 돕는 것이다.

그러려면 현지 사정에 빨리 익숙해져야 한다. 행사장 내부 구조와 이동 거리 및 이동 수단, 식당 등 모든 정보를 수집하고 상황을 미리 점검 숙지하고 있어야 한다. 그래서 5명 정도의 공보지원 요원들은 한 달 정도 미리 도착해서 기자단 지원에 필요한 모든 준비를 마치게 된다. 두 번의 행사를 하다 보니 자연스럽게 샌프란시스코의 구석구석을 알게 되었다. 이런 인연들이 샌프란시스코 총영사관 근무로 이어졌는지도 모르겠다.

힘들었던 기억들

샌프란시스코로 근무 명령이 날 줄은 전혀 예상치 못했다. 국내의 정치적 요인으로 공보처가 없어지고, 그에 따른 인사 사정에 따라 1998년 겨울 샌프란시스코 한국 총영사관에 홍보 담당 영사로 부임하게 되었다. 1997년부터 시작된 IMF 외환 위기가 해외 근무에도 영향을 미쳐 힘든 시간을 겪어야 했다. 외환보유고가 부족하다 보니 예산 지원이 축소되었고, 고환율이 설상가상이었다.

다른 예산은 줄어도 아껴 쓰면 큰 문제가 없었다. 그러나 주택 임차료가 문제가 되었다. 거의 30% 삭감되는 바람에 전임자가 살던 집을 인계받을 수 없게 되고, 다른 집을 구하기 위해서는 외곽으로 나가거나 규모가 작은 집을 임차해야 했다. 이미 근무 중이었던 직원들은 임대차 계약이 끝나지 않아 부족한 차액을 본인이 부담해야 하는 상황을 맞기도 했다. 그 당시는 국내외 할 것 없이 모두 힘든 시기를 보냈다.

한번은 뺑소니 의혹으로 미국 경찰이 집에 찾아오는 일이 있었다. 사건의 본말을 여기서 설명하는 것은 혹시 다른 사람들에게 반면교사가 될까 싶어서다. 어느 날 아내가 방과 후 아들을 픽업하러 학교에 갔다. 아들을 태우고 학교 앞을 지나는데 갑자기 어린 소년 하나가 도로를 건너기 위해 달려 나왔다[무단횡단]. 마침 그때 큰 트럭이 반대편에 정차하고 있어서 뒤에서 갑자기 튀어나오는 어린이를 보지 못했다. 놀라면서 갑자기 브레이크를 밟아 다행히 아이는 차에 부딪히지 않고 가까스로 길을 건너게 되었다. 그래서 아내는 그 자리에서 차를 세우고 내려 아이에게 다가가 괜찮은지 물었고, 아이는 계속하여 "미안하다"(I am sorry) 하며 기다리고 있던 누나와 함께 괜찮다고 해서 모두 그곳을 떠났다.

그런데 저녁때 퇴근해 집에 와보니 경찰들이 와있는 게 아닌가. 사고 현장에 있었던 다른 사람이 신고해서 경찰이 출두한 것이다. 미국 사람들의 신고 정신은 알아줘야 한다. 자초지종을 집사람한테서 듣고 는 돌아갔다. 그 며칠 후 법정에서 뺑소니 혐의로 출두하라는 연락을 받았다. 미국 법원에 대해 잘 몰라 변호사를 선임하여 사건을 의뢰했 다. 우리나라 도로교통법도 비슷하지만, 뺑소니 판단 여부는 사고가 난 현장에 경찰을 부르든가, 상대방에게 연락처를 주는 등 충분한 조치를 하고 현장을 떠났는지에 달려있다.

법원의 판결은 다행히 뺑소니가 아니라는 판결을 받았다. 변호사 한테 나중에 들은 얘기는 피해 아동이 경찰에 상황을 소상히 설명하여 뺑소니는 아니라는 판결을 했다고 한다. 그 일로 마음고생을 한동안 했다. 외교관이 현지에서 교통사고를 내면 경찰이 주재국 외교부[미국 은 국무부]로 연락하고, 주재국 외교부는 우리 대사관으로 연락하게 된다. 물론 이 경우도 워싱턴 한국대사관에서 샌프란시스코 총영사관으로 상황을 보고하라는 전문이 바로 왔다. 사건의 내용을 종합해서 워싱턴 대사관과 서울 외교부에 뺑소니가 아니고, 별문제 없는 사건으로 보고 해 사건은 종결되었다. 만약 뺑소니로 판정받았다면 아마도 국내로 소 환될 뻔한 사건이었다. 뺑소니는 형사 사건이다. 그래서 엄중히 처리된 다. 비싼 대가를 치르고 교통사고의 상식을 얻었다.

명문대학과 실리콘밸리

샌프란시스코는 유명세에 걸맞게 두 명문대학이 가까이 있다. 스탠퍼드대학(Stanford University)과 버클리대학(University of California, Berkeley)이다. 스탠퍼드대학은 미국의 상류층이 많이 가는 보수성향의 사립 명문으로, 동부에 하버드대학이 있다면 서부에는 스탠퍼드대학이 있다고 할 정도다. 버클리대학은 주립대학으로서 진보적인 성향의 대학이라 할 수 있다. 이들 두 대학에는 한국 유학생도 많고, 한국과의 관계도 밀접하다.

버클리대학에는 이제 고인이 된 세계적인 정치학자 스칼라피노(Robert Scalapino) 교수가 40년 이상을 재직하기도 했다. 스칼라피노 교수는 북한을 여섯 번이나 방문한 적이 있을 정도로 한반도 문제와 동아시아 문제에 세계적인 권위가 있었던 석학이었다. 한국을 포함한 아시아 지역 정세와 대외정책에 많은 영향력을 미친 학자다. 그의 80번째 생일 파티에 초청된 적이 있었는데, 그 자리에서 후배 학자들이 80세에도 정정한 노교수의 젊음의 비결을 묻자, 그는 비행기를 많이 타면 늙지 않는다는 조크를 했다. 그 정도로 동아시아를 위시한 세계를 무대로 활발한 활동을 했던 학자다. 샌프란시스코 만[Bay]이 내려다보이는 언덕에 전망 좋은 그의 저택도 아주 인상적이었다. 만약 샌프란시스코에 오래[3년] 근무했더라면 더 가까이 지내면서 배울 게 많았을 것이다. 그는 90세에도 『신동방견문록』을 출판했을 정도로 평생을 아시아 연구에 전념하였다. 과거 미국의 민주당 정권인 카터와 클린턴 정부 당시 미국과 북한의 관계에 긴장감이 완화되어 일시적으로나마 해빙(解氷) 무드가 조성될 때 북한 대표단들은 본 회담을 전후하여 버클리대학을 방문하여 학자들과 접촉하고, 비공개 학술 행사를 한 것으로 알려져 있다.

한편, 스탠퍼드대학은 공화당 레이건 행정부 시절 국무장관을 지낸 슐츠(George Schultz)와 클린턴 행정부 시절 국방장관을 지낸 페리(William Perry), 그리고 조지 부시 행정부 시절 백악관 안보보좌관과 그 후 국무장관을 지낸 라이스(Condoleezza Rice)가 몸담고 있었던 대학이기도 하다. 모두 미국 보수정권인 공화당 시절 전직 고위 관리들이다. 스탠퍼드대학은 미국 보수정권의 싱크탱크(Think Tank) 역할을 톡톡히 하고 있었다. 또한 대학 부설 '아시아퍼시픽연구센터'와 '후버연구소' 등이 보수성향으로 알려져 있고, 여기에 한국 인사들이 연구 활동하기도 했다. 미국의 보수 행정부나 진보 행정부 할 것 없이, 이들 양대 명문대학은 직간접적으로 한반도 안보 문제를 위시한 동아시아 외교정책에 무시하지 못할 영향력을 미쳐왔다.

실리콘밸리(Silicon Valley)는 샌프란시스코에서 자동차로 1시간 40분 정도 남쪽에 위치해 있다. IT산업의 메카와 같은 곳이다. 1939년 HP가 이곳에서 창업된 이래로 수많은 벤처기업이 명멸하는 곳이다. 이곳이 IT산업의 요람이 된 데는 스탠퍼드대학이 인근에 있어 가능했다. 실제 실리콘밸리의 대부분의 IT 기업들은 스탠퍼드대 졸업생들이 창업했기 때문이다. 그리고 가까운 샌프란시스코에 버클리대학이 있다.

실리콘밸리는 미국뿐만 아니라 전 세계적인 기술과 혁신의 상징이 되었다. 한때 세계 정보화시대를 이끌었던 연구단지다. 18세기 영국에서 증기기관차로 산업혁명을 이끌었다면, 20세기 들어 미국 실리콘밸리에서의 IT산업 발달이 인류의 문명을 바꾸어놓았다. 그래서 1990년대 말부터 우리 대통령이 이 지역을 방문하거나, 지자체장들이 미국을 방문할 때는 반드시 한 번쯤 들리는 단골 코스다. 인도계, 중국계가 많이 종사하고 있었고, 그 영향으로 인도와 중국의 IT산업이 급속도로 발전하는 동력이 되었을 것으로 믿는다. 현재는 온갖 종류의 첨단기술 회사들이 이 지역에서 사업을 하고 있다. 1인당 특허 건, 엔지니어 비율, 모험자본 투자 등의 면에서 미국 내에서 최고 수준을 유지하고 있다. 그래서 그 지역 일대는 성공한 기업에 힘입어 매우 부유한 동네 팔로알토(Palo Alto)가 형성되었다.

동포의 자긍심 '아시아 박물관'

샌프란시스코에는 한인들의 자긍심 상징인 시설이 있다. 샌프란시스코 중심지 시청 앞에 커다란 대리석 건물 '아시아 박물관'(Asian Art Museum)이 자리하고 있다. 미국 내에서 아시아 소장품이 가장 많은 곳이다. 이 박물관은 원래 소규모였으나 크게 확장 이전하는 과정에 우리 동포 한 분의 기여가 큰 몫을 했다. 당시 아시아 박물관에는 한국인 동포 출신 백 모 큐레이터(Curator)가 오랫동안 근무하고 있었다. 박물관이 시청 앞으로 확장 이전하는 계기에 그분의 노력으로 실리콘밸리에서 성공한 이종문 회장이 1,600만 달러[당시 약 150억 원]라는 거액을 박물관에 기증한 것이다. 새 박물관 외벽에는 그의 이름이 뚜렷이 새

겨져 있다[CHONG-MOON LEE CENTER FOR ASIAN ART AND CULTURAL].

　물론 이종문 회장은 문화예술 분야에 관심이 많았던 분으로 알려져 있다. 그는 IT산업으로 성공한 대표적인 재미동포다. 어느 식사 자리에서 그의 성공 뒤에 숨겨진 눈물겨운 경험담을 들려주었다. 잘나가던 사업을 한 번 실패하고, 애지중지하던 많은 그림 등 모든 재산을 처분하고 거리에 나와 앉았다. 먹을거리가 없어 쓰레기통을 뒤져서 버려진 채소를 주워 먹었던 시기도 있었다고 했다. 크게 성공하기 위해서는 고난이 누구에게나 한 번은 오는 모양이다. 그 후 다시 AmBex 벤처 그룹으로 화려하게 재기하여 최근까지도 사회공헌과 자선활동을 많이 하는 자랑스러운 동포다.

🖋 태평양 해안선 따라 내려가면

　태평양 연안을 따라 연결되는 1번 국도는 유명한 드라이브 코스다. 해안을 따라 두 시간 남쪽으로 내려가면 해변 도시 '몬트레이'(Monterey)가 나온다. 이곳은 미국 소설가 스타인벡(John E. Steinbeck)의 소설 『통조림공장 골목』(Cannery Row)의 배경지이기도 하다. 그곳에는 그의 작품 속에 나오는 장소를 잘 꾸며놓고 있다. 몬트레이 반도에서 태평양을 옆에 끼고 돌면 조용한 해안 숲길 '17마일 드라이브'(Seventeen Miles Drive)로 연결된다. 울창한 숲에는 오랫동안 태평양의 바닷바람을 견디어낸 침엽수[Cypress]들이 반쯤 기울어져 있고,

군데군데 거부의 별장들이 눈에 들어온다. 그러나 인적은 거의 찾아보기 힘들다. 그 당시 미국의 여배우 샤론 스톤(Sharon Stone)의 별장이 길가에서 보인다고 했고, 이건희 삼성그룹 회장의 별장도 있다는 소문이 있었지만 확인할 길은 없었다.

그 길이 끝나는 지점에 세계 3대 골프장인 '페블비치'(Pebble Beach Golf Links)가 있다. 1919년 개장한 명문 골프장이지만 퍼블릭코스(Public Course)다. 말이 퍼블릭이지 실제는 예약하기가 어렵고, 그린피(Green Fee)도 비싸 골프 치기 쉽지 않은 곳이다. 골프 예약하려면 먼저 골프장을 끼고 있는 숙소인 '롯지'(Pebble Beach Resort Lodge)를 먼저 예약해야 한다. 숙소를 예약하면서 골프장 티타임(Tee-time)을 예약하는 시스템이다. 보통 1년 전쯤 예약하는 것이 안전하다고 한다. 그러나 100%를 그렇게 하는 것이 아니고, 몇 자리는 슬롯(Slot)으로 남기기도 한다고 한다. 그린피는 캐디피 포함해서 500~600불 정도 했다. 미국 골프장에서 캐디를 데리고 골프를 치는 것은 아주 드문 경우다.

그곳은 골프장이기도 하지만 유명한 관광코스이기도 하다. 샌프란시스코 근무 중에 몇 번은 관광차 들려 18번 홀 앞에서 인증샷을 찍거나, 기념품 가게 들리는 것으로 만족했다. 클럽하우스라고 하기에는 규모가 거의 쇼핑센터 같은 느낌이었다. 전 세계 골프 애호가들이 한 번쯤은 들러 로고가 들어간 골프용품들을 사 가는 곳이다. 일본 경제가 아주 좋았을 때(1980~1990년대) 페블비치 골프장을 일본 기업이 인수하여 한동안 운영하였으나, 지금은 다시 미국 기업에 넘겨졌다고 한

다. 소문에 의하면 일본인들의 골프장 관리가 부실해서 미국에서 다시
인수했다고 한다. 골프가 영국에서 유래해서 골프장의 관리도 서양인
들이 더 잘하는 것으로 이해해본다.

3. 미국, 뉴욕

⊘ 자본주의의 상징 뉴욕시

뉴욕시는 미국의 경제와 문화의 중심지이다. 뉴욕 금융시장은 미국 경제뿐만 아니라 세계 경제를 좌지우지한다. 그리고 브로드웨이와 현대미술관(MoMA) 등이 뉴욕이 문화예술의 도시임을 말해준다. 그래서 뉴요커(New Yorker)는 자부심이 대단하다. 뉴욕시에 사는 사람들은 미국 내 다른 도시에 사는 사람들을 촌사람 정도로 여긴다. 맨해튼 거리는 동서남북으로 바둑판같이 길이 나 있다. 건물 사이로 오가는 자동차와 사람 모두 바쁘게 움직인다. 뉴욕시 남쪽에 자리 잡고 있었던 쌍둥이 빌딩(Twin Building) 옥상에서 내려다본 시가지는 건물의 숲으로 이뤄진 인공 정원으로 몬드리안(Piet Mondrian)의 그림을 연상케 했다[〈뉴욕시티 I〉 작품]. 그러나 비극의 9·11사태로 쌍둥이 빌딩은 더 이상 올라갈 수 없게 됐다.

이런 번화한 곳에서도 잘 적응하고 생존하면서 생업을 꾸려가는 우리 동포들이 대견스러웠다. 동포들은 45만 명 정도로 미국에서 LA 다음으로 제일 많다. 주로 식당을 생업으로 하는 동포들이 많았고, 그 덕에 그곳을 가면 향수를 불러일으키는 음식도 먹을 수 있었다. 상호는 정확히 기억나지 않지만, 그곳에서 먹었던 설렁탕과 김치 맛은 지금도 잊을 수 없다. '한식 세계화'의 선봉장들이기도 하다.

근무지가 갑자기 뉴욕으로 결정된 배경과 과정은 여기서 모두 설명하기에는 너무 길다. 본인의 의사가 인사에 반영되지 않는 경우는 공직사회에서 다반사다. 그러나 해외에서 1년 만에 다른 공관으로 이동은 정상적인 인사행정이라 할 수 없다. 그 배경에는 국내 정치적인 요인도 분명 있었다고 생각한다. 그때가 바로 우리 정치 역사상 최초로 정권교체가 일어났던 시기였다. 즉 김영삼 정부에서 김대중 정부로 바뀐 시기였다. 정권이 바뀌자 거의 혁명적 수준의 인사가 이뤄졌다. 지역주의가 강한 우리나라에서 경상도 정권이 전라도 정권으로 넘어간 것이다. 다른 분야도 그랬겠지만, 공직사회에는 거의 태풍에 가까운 인사이동이 일어났다.

그 와중에 파편이 해외까지 날아왔다. 해외 자리를 다시 조정하고 재배치하는 인사조치라는 본부의 설명이 있었으나, 샌프란시스코에서 1년쯤 적응하여 이제 막 일할만한데 어느 날 갑자기 다시 뉴욕 총영사관으로 이동하라는 연락이 왔다. 해외에서 이동은 국내와 차원이 다르다. 가장 큰 문제는 가족이 함께 움직이기 때문에 자녀가 전학을 가야 한다. 예민한 나이에 학교를 자주 옮겨 다니는 것은 학업이나 교우 관계에 좋지 않다. 우리 아들이 그랬다.

샌프란시스코에서 뉴욕 이동은 미국 내여서 현지 환경에 적응하는 데는 별문제가 없다고 치더라도, 일하기 위한 현지 적응은 별개의 문제다. 인적 네트워크를 만들고 유관기관과의 관계 개설 등 제대로 일하기 위해서는 최소한 1년은 공을 들여야 한다. 그리고 2년 차부터 본격적으로 제대로 일하게 된다. 그래서 공관원들은 보통 3년을 기준으로 이동한다. 그리고 짧은 기간 이동을 하게 되면 개인적으로는 경제적인 손실도 크다.

그나마 뉴욕 총영사관으로 이전은 불행 중 다행이었다. 그 10여 년 전 뉴욕주에 있는 시라큐스대학에서 유학할 때 뉴욕시를 자주 들른 경험이 많은 도움이 되었다. 사무실이 맨해튼 한가운데 위치해 있어서 출퇴근은 허드슨강의 조지 워싱턴 다리를 건너다녀야 했다. 대부분 공관원이나 주재원들이 값비싼 맨해튼 안에서 주택을 임차하는 것은 엄두도 못 냈다. 그래서 왕복 운전 시간이 약 2시간 정도 걸리지만 뉴저지 주를 베드타운으로 삼고 출퇴근했다.

⌚ 아! 조지 워싱턴 브리지

뉴욕 근무하는 동안 '조지 워싱턴 다리'(George Washington Bridge)를 매일 건너면서 옛 추억이 계속 떠올랐다. 이야기는 시라큐스대학 유학 시절로 돌아간다. 1984년 시라큐스대학 연수 중 추수감사절 연휴에 집사람 고교 동기가 사는 뉴욕시의 동쪽 롱아일랜드를 향해 운전해 가는 길이었다. 그 당시 자동차는 거의 10만 마일[16만 km] 정도 달린 중고 자동차였다. 시라큐스는 뉴욕주 중앙에 위치해 목적지까지는 약 7시간 정도 걸리는 길이다. 아침에 출발하였으나 뉴욕시로 들어가기 위해 조지 워싱턴 다리에 도착했을 때는 이미 늦은 오후였다. 문제는 추수감사절 연휴라 도로에는 자동차가 넘쳐났다. 그래서 다리 위에서 섰다 갔다를 반복했다.

그런데 설 때마다 자동차 시동이 꺼지는 것이 아닌가. 멈춰 섰다 다시 출발하려면 시동이 꺼져 있었다. 다시 시동을 걸고 잠시 가다 다시 멈추면 또 시동이 꺼지고…. 이러기를 수없이 반복하면서 그 다리를 겨우 건넜다. 거기서 다시 롱아일랜드 목적지까지 가면서도 신호 대기마다 시동이 꺼지고, 다시 걸기를 거듭하여 겨우 친구 집에 도착했다. 낯선 길에다 시동을 계속 걸어가면서 가는 길은 여행이 아니라 고역이었다. 진땀을 뺐다.

그런데 뒤따라오던 차들이 한 번도 불평하거나 경고음을 울리지 않았던 것을 보면, 미국인들의 어려워하는 이웃에 대한 배려와 인내심을 엿볼 수 있는 대목이다. 물론 예정 시간보다 많이 걸려 늦게 도착하다 보니 친구 가족들이 문 앞에 나와 걱정하고 기다리고 있었다. 겨우 도착하여 저녁을 함께하면서 늦게 도착한 이유를 설명했더니 친구 남편이란 사람이 하는 말이 가관이었다. 그런 차를 몰고 미국에서 여행하면 어떻게 하느냐고 했다. 어려움에 처한 사람에게 할 소리는 아니었다. 다음 날 일찍 정비를 맡겼더니 엔진 속에 가스 펌프가 낡아 휘발유를 제대로 분사하지 못해서 그랬다는 것이었다. 수리를 마치고 다음 행선지 필라델피아 친구 집으로 향했다. 그 조지 워싱턴 다리를 14년 후 뉴욕에 근무하면서 매일 건너다녔다. 그때는 엔진 꺼지는 일이 없었다.

⏱ 또다시 짧았던 뉴욕 근무

뉴욕 홍보관의 주요 업무는 〈뉴욕타임즈〉(The New York Times), 〈월스트리트저널〉(The Wall Street Journal) 등 영향력 있는 신문을 모니터링하고 대응하는 일이라 주말에도 맨해튼 사무실로 출근하곤 했다. 그때만 해도 인터넷이 지금과 같이 발달하지 않아 온라인으로 신문을 볼 수가 없었다. 종이 신문을 구독해야만 신문을 볼 수가 있었던 시절이었다. 두 신문의 경우 구독료도 제법 비싸서 사무실에서 구독하기 때문에 굳이 집에서 별도로 구독할 필요성을 느끼지 못했다. 그래서 신문을 보고, 좋은 기사나 문제 되는 기사가 있으면 복사하고 번역까지 해서 서울로 팩스를 보내기 위해 주말에도 사무실을 나가야 했다.

문제 기사가 보도될 경우, 〈뉴욕타임즈〉 같은 유력 신문은 현지 홍보관이 직접 대응하기는 벅차다. 기사를 함부로 쓰지도 않지만, 설사 오보나 마음에 들지 않는 기사가 난다 해도 한국 관련 기사는 서울 또는 동경발 기사가 많아 서울 본부에서 서울 특파원이나 동경지국을 접촉해서 문제를 풀어나가는 것이 효율적이었다.

주말에는 교통이 붐비지 않아 평화스럽기까지 한 허드슨 강변도로인 팰리세이드를 드라이브하는 것도 좋았다. 강을 건너 맨해튼에 진입하면 도심 속의 자연 센트럴파크를 통과하는 길을 택했다. 가끔은 차를 세워 놓고 산책도 하고, 사진 촬영하는 것은 주말에 누리는 한가로움이었다. 센트럴파크는 뉴욕시가 자랑하는 명물이다. 넓은 잔디밭과

푸른 숲은 바쁜 뉴욕 시민들의 휴식 공간이자 공연장이다. 가끔 머리 들어 공원 주변의 고가 아파트를 쳐다보면 딴 세상 같았다.

뉴욕에 근무하는 동안 비디오 아트의 거장 백남준 선생 스튜디오를 방문한 적이 있다. 백남준 씨를 잘 아는 선배 홍보관이 서울에서 출장을 와 방문하는 길에 동행했다. 스튜디오는 뉴욕 남쪽 소호(SoHo)에 있는 한 건물에 자리 잡고 있었다. 마치 넓은 창고 같은 곳에 작업실과 생활 공간이 함께 있었다. 한쪽에는 작품활동을 하는 공간이 있었고, 다른 한쪽에는 침대와 주방이 있었다. 가히 천재가 사는 공간이었다. 그때 이미 백남준 선생은 연로하고 쇠약해 보였다. 선배가 방문한 목적은 그의 작품들을 어떻게 하면 국내에 전시실을 마련하여 영구히 전시할지 방안을 협의하기 위해서였다. 안타깝게도 그 선배가 일찍 세상을 떠나 개관을 보지는 못했지만, 그런 노력이 쌓여 국내에 '백남준 아트센터'가 세워졌다고 생각한다.

뉴욕에서의 근무도 길지 못했다. 미국 내에서 공관을 이전해도 차량 번호판[외교관 번호판]과 신용 카드를 다시 신청해서 발급받아야 했다. 미국이 매사에 그렇듯, 그 소요 시간이 무려 6개월 정도 걸렸다. 그런데 1년이 채 되기도 전에 다시 러시아 모스크바로 이전하라는 연락이 왔다. 청천벽력 같았다. 러시아로 이동하라는 연락을 받고는 잠을 제대로 잘 수가 없었다. 마치 유배지로 가라는 것 같았다.

뉴욕으로 온 지도 얼마 되지 않았을 뿐만 아니라, 러시아는 평소의 의식 속에 전혀 없었던 공관이었다. 해외공관 근무는 언어, 능력, 경력 등을 고려하여 결정되기 때문에 어느 정도 예측이 가능했다. 그러나 그때는 그런 것이 전혀 고려되지 않는, 앞에서 언급한 바 있는 인사 대란의 시국이었다. 러시아어도 모르고, 러시아에 대한 기본지식마저 부족하여 러시아대사관으로 옮기라는 연락을 받고는 공무원을 그만둘 생각까지 했었다.

고심 끝에 러시아 가기로 결심하고, 모스크바행 비행기를 타기 전 인사차 '코리아 소사이어티'(The Korea Society) 등 몇몇 기관을 돌며 미국인 지인들과 작별 인사를 했다. 만나는 미국 인사들에게 러시아로 근무를 떠난다고 했더니, 한결같이 의아해하면서 러시아에 대한 그들의 생각을 조금 내비쳤다. 러시아를 사람 살만한 곳이 못 되는 고약한 적성국으로 폄하했다. 그때까지도 냉전적 사고가 미국 사람들에게 깊게 박혀 있었던 것 같았다.

샌프란시스코에서 뉴욕으로, 뉴욕에서 다시 모스크바로 1년에 한 번씩 근무지를 이동했다. 그때는 물론이고, 지금도 도저히 있을 수 없는 일이 벌어진 것이다. 뉴욕에서 다 풀지도 못한 짐을 다시 챙겨 러시아 모스크바로 탁송하는데, 설상가상으로 이삿짐 운송 비용이 정부지원금으로는 부족하여 국내 본가에서 차입하는 웃지 못할 해프닝도 있었다. 항공료도 충분치 않았지만, 외교관 이삿짐이 러시아로 들어가기 위해서는 국경을 통관하는 데 별도의 경비를 요구하였기 때문이었다. 러시아는 그때나 지금이나 국제관례를 잘 따르지 않는다.

4. 러시아, 모스크바

⌚ 미지의 땅

시간이 멈춘 러시아

러시아는 동슬라브족이 동유럽에서부터 이주해 와 세운 나라다. 그 과정에 북게르만족의 일파인 루스인이 합류하여 키에프루스로 초기의 국가형태를 이뤘다. 서기 988년 동로마제국으로부터 기독교를 받아들이고, 1453년 비잔틴 콘스탄티노플이 몰락하자 러시아 정교회가 중심 세력으로 등장하면서 국가의 면모를 갖추기 시작했다. 그러다 피터대제(Peter the Great, 1672~1725)가 서양 문물을 적극적으로 받아들이면서 오늘날 러시아 국가의 틀을 만들었다. 거대 영토를 가진 나라들은 소수민족이 많게 되어있고, 그로 인해 갈등도 많은 법이다. 러시아도 얼마 전까지 체첸족과의 전쟁, 우크라이나와의 전쟁 등이 있어 전쟁이 끊이지 않는 나라다. 그러나 다른 대국에 비해 내부적으로 소수민족과의 갈등이 심각하지 않은 편이다.

러시아는 겨울이 길고 춥다. 모스크바가 북위 55도다. 겨울이 10월부터 이듬해 5월까지 약 8개월이고, 오후 3시 이후면 컴컴하다. 거의 하루도 쉬지 않고 눈발이 휘날리는 자연환경이 인간에게 미치는 영향으로 러시아인은 늘 침울하다. 영하 40도의 추운 겨울을 이겨내는 것은 러시아인들에게는 '생존'(Survival) 그 자체다. 죽느냐 사느냐의 경지에 가까이 가면 주변을 돌아볼 여유가 없게 된다. 러시아 민속 공예품인 '마트료시카'(Matryoshka)처럼 그들은 심리가 겹겹이 쌓여있어 속내를 알기가 힘들다. 러시아인들은 자기중심적이고, '내 것도 내 것이고, 네 것도 내 것이다'라는 의식이 강하다. 엄혹한 자연환경에서 적응해오면서 생긴 독특한 유전인자가 아닌가 한다.

미지의 세계였던 러시아에 첫발을 딛어놓으면서 겪은 이야기들을 해본다. 2000년은 '뉴 밀레니엄'(New Millennium)이었다. 그 당시 미국에서는 뉴 밀레니엄을 맞아 러시아에서 무슨 큰일이 일어날 것 같은 소문이 돌기도 했다. 가족과 함께 JFK공항에서 출발하여 직행으로 도착한 곳은 모스크바 '셰레메티예보' 국제공항이었다. 모스크바의 4월은 아직 겨울이었다[多余春初]. 비행장과 공항 청사 내부는 어둡고 침침했다. 서방세계에서 많이 보아온 공항과는 완전히 달랐다. 오래된 낡은 콘크리트 건물에 전기 불빛도 밝지 않아 대국의 수도에 있는 국제공항으로는 어울리지 않았다. 마치 시골 공항 같은 분위기였다. 그리고 공항을 빠져나오는 출구에서부터 소련 공산당 시절의 잔재인 '관료주의'를 체험하게 되었다. 출구가 여럿인데도 불구하고 한 곳만 개방하여 길게 줄을 서서 기다리게 했다.

보통 국제공항은 외교관 통로가 따로 있는데, 그때 모스크바공항에는 별도로 없었다. 통관 절차는 복잡했고, 이민국 직원들이 불친절했다. 그런 데는 다른 이유가 있다는 사실을 한참 후에 알게 되었다. 공산주의 부패 잔재를 여실히 느끼게 해주는 대목이었다. 당혹스러워하고 있는데 문화원 직원[김일환 사무관]이 마중을 나와 있었다. 현지어가 능숙한 그의 안내로 공항 VIP실로 이동하면서 그제야 약간의 안도감을 가졌다. VIP실이라고 하지만 시설은 낡은 소파 세트 몇 개와 TV가 놓여 있는 별도의 공간에 불과했다. 그때나 지금이나 사회주의 국가의 사람들은 서비스 개념이 별로 없다. 음침한 공항이지만 삼성 로고가 붙은 공항 카트, 삼성과 LG의 대형 TV들이 통관 절차를 밟는 동안 조금은 안심시키는 역할을 했다.

공항에서 시내로 향하는 길가에는 아직 녹지 않은 눈들이 여기저기 쌓여있었다. 도로변에는 회색빛 낡은 사회주의식 아파트들이 줄을 지었고, 지나가는 사람들은 검은색 두툼한 외투를 걸치고 무거운 발걸음을 옮기고 있었다. 달리는 차들은 염화칼슘 때문에 지저분해 보였다. 공항에서 곧바로 직원이 미리 구해놓은 아파트에 도착했다. 위치는 모스크바 시내 중심가에 있는 옛 KGB 건물 바로 뒤였다. 예상했던 것과 달리, 건물 외관은 몇십 년이 되었는지 알 수 없을 정도로 낡고 작았다. 그 당시 다른 사회주의 국가들과 마찬가지로 단독 주택이 거의 없고, 대부분이 집단 거주지인 회색 콘크리트 아파트들이었다.

아파트 입구에 도착하였을 때, 이런 곳에서 몇 년을 살아야 하는가 하는 걱정부터 앞섰다. 그러나 현지 적응하고, 실정도 알아가면서 큰 불평 없이 지냈다. 아파트 입구에는 허술한 경비실이 하나 있고, 건물 내에 들어가기 위해서는 비밀번호를 눌러야 두꺼운 철문이 열렸다. 8

층까지 올라가는 승강기는 옛날 영화에서나 보았던, 안이 다 들여다보이는 철망으로 된 자바라 문으로 되어있었다. 바닥은 나무로 되어있어 오르내릴 때 삐걱삐걱 소리가 나기도 하여 늘 불안했다. 실제로 승강기가 중간에서 멈춰 서거나, 정확한 위치에 서지 않아 힘들게 기어 나온 적도 몇 번 있었다. 집 안으로 들어가려면 큼지막한 열쇠 3개를 열어야 들어갈 수 있었다. 그러니 열쇠 뭉치는 한주먹이고, 화장실이 급할 때는 당혹스럽기까지 했다.

그런 아파트들이 시장경제가 작동하면서 일부 건물들은 내부를 깔끔하게 수리해 임대업을 하는 건물주가 많이 생겨나기 시작했다. 특히 모스크바는 외국인들에게 월세를 놓기 위해 상당한 거금을 들여 이탈리아 등 서구에서 수입한 고급자재로 내부를 완전히 바꿔놓은 집들이 많았다. 그리고 임차료는 뉴욕과 비슷한 수준이었다. 재밌는 것은 집집마다 설치된 비밀 금고였는데, 주로 안방에 벽을 뚫어 그림이나 가구 등으로 위장해 외부인의 눈에 쉽게 띄지 않도록 한 것이었다. 이는 러시아인들의 심리와 당시 러시아 경제 상황을 이해할 수 있는 단초다.

2000년 초 러시아인들은 금융기관에 대한 신뢰가 거의 없어 은행을 잘 이용하지 않았다. 소련이 붕괴되고 새로 건국한 러시아는 자유시장 경제체제를 받아들였고, 은행도 많이 생겨났다. 그러나 몇 년 후 발생한 화폐개혁으로 은행에 맡겨놓은 돈이 거의 휴짓조각으로 변해버리는 일이 벌어졌다. 그 후부터 시민들은 은행을 믿지 못하게 되었고, 여유 자금이 생기면 개인 금고에 보관하기 시작했다. 러시아에서는 이를 일컬어 '베개 밑돈'[주로 US 달러]이라고 했다. 그러니 러시아의 저축률은 낮을 수밖에 없고, 러시아 은행들도 개인을 상대로 한 여신 업무에는 비중을 두지 않고 있었다.

겨울 진풍경

러시아 겨울은 거의 하루도 빼지 않고 부슬부슬 눈이 내리고 어두컴컴하다. 겨울 평균 기온이 영하 25도, 체감 온도 영하 40도에 이른다. 러시아에서는 기온 영하 40도, 알코올 도수 40도, 이동 거리 4,000km는 되어야 이야기가 된다는 농담이 있다. 러시아는 워낙 겨울이 춥고 길어서 난방과 온수에 신경을 많이 쓰고, 그런 시설도 상당히 잘되어 있다. 엄혹했던 소련 시절부터 겨울 난방과 온수 대책은 잘되어있다고 했다. 겨울철 추운 외기로부터 실내 온도를 보존하기 위해 건물의 외벽이 상당히 두텁다[80cm 정도].

겨울에 내리는 눈은 낭만과 위험을 동시에 가져다준다. 눈 덮인 공원이나 들판에서 긴 털코트를 입은 여인들이 산책하는 장면은 한 장의 그림엽서다. 눈이 얼마나 많이 내리는지 공원에 설치해놓은 벤치들이 눈에 덮여 잘 보이지 않는다. 그런가 하면, 지붕 위에 두껍게 쌓인 눈은 건물이 위험할 정도로 하중을 품게 된다. 그래서 건물 관리인들은 며칠에 한 번씩 지붕 위에 올라가 쌓인 눈을 쓸어내린다. 인부들이 경사진 지붕 위에 올라가 허리에 끈을 묶고 곡예를 하다시피 처마 끝 부분까지 오르락내리락하면서 큰 삽으로 눈을 쓸어내리는 모습을 자주 목격한다. 러시아의 겨울 풍경은 지붕 위에서도 펼쳐진다.

낮 동안 녹은 눈은 추운 밤에는 거대한 고드름을 만들어 처마 밑에 주렁주렁 달린다. 그 고드름 크기는 상상을 초월할 정도로 크고 위협적이다. 도로를 지나다 보면 길을 막아놓고 도로변 건물 처마 끝에 붙어 있는 고드름을 제거하는 모습도 자주 목격된다. 시(市) 당국이 요일별로 구역을 정해놓고 고드름을 제거하는 것이다. 무거운 고드름이 무게를 이기지 못해 높은 처마에서 떨어지면 지나가는 사람이나 자동차에는 치명적인 위험 요인이 된다.

야외 주차장에 세운 자동차 위에 밤사이 고드름이 떨어져 차량이 대파된 모습을 가끔 보았다. 모스크바에서 건물 처마에서 떨어지는 고드름에 맞아 죽는 행인이 한 해 겨울 40여 명에 이른다고 했다. 겨울에 모자 없이 길거리 다니면 러시아 할머니들한테 한소리 듣는다. 추위와 고드름 위험에 대한 경고다. 기나긴 겨울과 추위, 자연환경이 러시아인들의 삶과 그들만의 독특한 문화와 예술을 발전시켜온 측면이 있다.

✒ 보이지 않았던 1인치

배타적 민족주의와 외국인 혐오증

러시아인들에게는 '외국인 혐오증'(Xenophobia)이 있다. 순수 슬라브 민족의 독특한 문화에 외래문화가 들어와 섞이는 것을 원하지 않아 외국 사람들도 반기지 않는다. 러시아인들은 지정학적으로 고립되고 열악한 자연환경을 극복해오고, 특히 큰 전쟁[나폴레옹의 프랑스, 히틀러의 독일]을 겪고도 살아남은 민족이라는 자부심이 대단하다. 그래서 그들의 독특한 정체성인 슬라브 민족주의가 자주 표출되기도 한다. 2002년 한일 월드컵 예선전에서 러시아가 일본에 패배하자 그날 밤 모스크바 거리는 아수라장이 되었다. 축구를 보던 러시아 젊은이들이 거리로 뛰쳐나와 길거리에 세워둔 차량에 불을 지르고, 동양 음식점들 유리창을 모두 부수고, 맥주병으로 국적 관계없이 지나가는 동양인을 마구 구타하였다. 러시아 젊은이들이 과거 러일전쟁에서 패배한 굴욕감에 더해, 소련 붕괴 이후 일본을 위시한 경제 대국들로부터 받은 수모가 일순간 폭동으로 변한 것이다.

소련의 공산주의 체제 붕괴 이후 러시아인들은 처참한 생활고를 겪었다. 식빵을 사기 위해 긴 줄을 서서 기다리다 빵이 떨어지면 되돌아가야 하는 일이 비일비재했다. 정서적으로 민감한 젊은이들이 한때는 세계 최강국이었던 소련 제국이 붕괴되어 시장경제 체제로 전환하면서 가족들이 겪은 고통을 고스란히 보고 자랐다. 아버지는 대학교수임에도 봉급이 500달러도 되지 않아 아르바이트로 운전기사를 해야 했고, 어머니나 누나는 교사나 간호사 봉급으로는 생계를 꾸리기 힘들어 일과 후 밤에도 일터로 나가야 했다. 이런 일들을 알고 있는 젊은이들에게 애국주의 정서가 움틀 수밖에 없었고, 고통의 기억들이 그들을 강한 배타적 민족주의자들로 만들었다. 언론에서도 가끔 보도되듯이 외국인에 대한 혐오증이 폭력으로 나타나는데, 그 대표적인 것이 독일 나치를 흉내 내는 소위 스킨헤드들이 외국에서 온 유학생들에게 무차별적 폭행을 가하는 것이다.

러시아 정부의 문화재 보호정책도 황당했다. 러시아에서 구매한 그림이나 골동품은 반드시 러시아 문화부에 신고필증을 받아야만 반출할 수 있었다. 외교관이라 할지라도 입국할 때 신고하지 않고 가지고 들어온 예술품도[제네바협정 상 외교관 이삿짐은 통관 절차 없이 입국 가능] 유명 작가의 작품이면 본인이 해외에서 구매한 것임에도 불구하고 출국 시 반출이 안 된다. 러시아 유물이 해외로 반출되는 것을 막는다는 이유로, 그런 작품들이 모두 불법 유통되었거나 도난당한 작품으로 간주하기 때문이다. 그래서 그런 물품들은 주인이 나타날 때까지 러시아를 떠날 수 없게 한다. 이런 경우 주인이 나타날 수가 없어 사실상 회수를 포기해야 한다. 러시아가 이렇게 문화재에 집착하는 것은 자국의 문화재를 보호하고, 문화산업을 국가의 주력산업 중 하나로 생각하기 때문이기도 하지만, 과도한 불신과 배타적인 행태를 보이는 것이다.

'위대한 조국전쟁'에 대한 금지

영미(英美)식 교육을 받고 자란 한국 사람들은 제2차 세계대전이 '노르망디상륙작전'의 성공으로 끝났다고 알고 있을 것이다. 그러나 러시아 사람들은 전혀 그렇게 생각하지 않는다. 역사는 진실을 기록하는 것이 아니라는 사실을 다시 한번 확인하게 한다. 러시아인들은 제2차 세계대전이 소련이 독일과의 치열한 전투 끝에 승리한 결과로 인식하고 있다.

첫 번째 러시아인들이 기억하는 위대한 전쟁은 독일군이 상트페테르부르크(당시 레닌그라드)를 포위하고 봉쇄하는 전쟁에서 결사 항전을 했다는 것이다. 독일군이 러시아의 역사적이고 문화 중심 도시인 상트페테르부르크를 점령하기 위해 집중적으로 공격했다. 독일군에 의해 포위된 주민들은 식량이 부족해지자 인육(人肉)을 먹기 시작했고, 전투력이 없는 노인부터 희생되는 순서까지 정했다고 한다. 지금도 '성 이삭 성당'(St. Isaac's Cathedral)의 기둥에는 독일군 탄흔이 선명히 남아있다.

두 번째 큰 전쟁은 모스크바 남쪽 '스탈린그라드'(Stalingrad)에서 벌어졌다. 독일군이 석유가 많이 생산되는 카스피해 지역을 확보하기 위해 그 길목에 있는 도시인 스탈린그라드로 진격해오자, 소련은 극동 지역에 배치된 병력까지 동원하여 독일군에게 맞섰고 치열한 공방전이 벌어졌다. 이 전투에서 독일군은 막대한 손상을 입고 수세에 몰리면서 전쟁 상황이 독일군에게 불리하게 돌아가 결국 항복하기에 이르게 되었다고 주장한다.

두 전투가 모두 세계 전쟁사에 남을만한 치열한 전투였음은 틀림없다. 제2차 대전 당시 사망한 소련인의 숫자가 공식적으로는 2,400만 명으로 되어있지만, 러시아 사람들은 그보다 훨씬 많은 사람이 실제로 사망한 것으로 알고 있다[약 4,000만 명]. 그도 그럴 것이 소련이 전쟁에 관한 연구에 외부 세계의 접근을 제한하여 그들의 전쟁 수행 과정이 소상히 알려지지 않았던 탓이다. 제2차 대전의 종전에 소련의 역할이 과소 평가된 원인이기도 하다.

그러나 외부 세계와는 별개로 러시아 국민은 소련이 결정적인 역할을 하여 제2차 대전을 승리로 끝냈다고 알고 있다. 그래서 그들은 이 전쟁을 '위대한 조국전쟁'이라고 부르며 매년 크게 경축한다. 러시아 정부는 제2차 대전 종전을 기념하기 위해 5월 9일을 '승전기념일'로 정하고, 매년 세계 각국의 지도자를 초청하여 성대한 행사를 개최한다. 특히 2005년 5월 9일에는 미국의 조지 부시 대통령과 후진타오 중국 주석, 노무현 대통령 등 세계 주요 국가 지도자들이 대거 참여한 가운데 승전 기념 60주년 행사를 개최하기도 했다.

외국 기업이 생존하기 힘든 곳

러시아에서 외자 기업이 성공하기란 쉽지 않다. 형식적으로는 개혁개방과 시장경제 체제를 도입하였지만, 공정한 시장의 원리가 작동되지 않는다. 아직도 소련의 권력층들이 체제를 전환하는 과정에서 국유기업을 개인 사기업으로 변신시켜 시장을 지배하는 '올리가르히'(Oligarch)들이 있기 때문이다. 이들은 속칭 마피아로 불릴 정도로 시장을 왜곡시키고 불법적인 방법을 동원하기도 한다. 독과점 형태를 띠는 이들은 각종 이권을 독차지하고, 시장에 지배력을 행사하면서 가격을 왜곡시키고, 이에 도전하면 살인 등 폭력을 행사하기까지 한다.

이러한 기업 환경에서 외국 기업이 정상적인 활동을 하면서 이익을 창출하기가 힘들 수밖에 없다. 설사 이익을 창출한다 해도 그 수익금을 자국으로 유출하는 것을 각종 규제로 막고 있다. 심지어 외국자본이 들어와 비즈니스를 잘한다 싶으면 수단과 방법을 가리지 않고 그 기업을 빼앗아버리기까지 한 적이 있다. 그래서 2000년대 초까지 미국, 일본, 유럽 등 외국 기업들은 러시아에 들어와 기업 활동을 할 생각을 하지 않았다.

이런 틈새를 노린 우리 기업인 삼성과 LG가 가전제품을 앞세워 러시아 시장을 장악하고 있었다. 그 배경은 정확히 알 수 없었으나, 위험 감수[Risk-taking]의 대가이거나, 아니면 특별한 노하우가 있지 않았을까 하는 상상만 할 뿐이다. 한 가지 분명한 것은 소비자들이 우리 전자제품을 선호하게 된 것은 노태우 정부가 북방정책 일환으로 러시아에 제공한 현물차관이 마중물 역할을 한 것이 아닌가 한다.

미국 국적의 기업으로 유일하게 정착한 기업은 맥도날드 햄버거였다. 1990년대에 처음 러시아에서 문을 연 맥도날드 햄버거는 먹거리가 충분치 못한 러시아에서 크게 인기가 있었다. 외국 기업이 생존하기 힘든 러시아에서 맥도날드가 비즈니스를 잘할 수 있었던 것은 맥도날드의 경영 철학 때문이었다. 즉, 러시아에서 낸 수익을 미국으로 가져가지 않고, 러시아 내에서 학교 등 육영 사업에 재투자하기로 한 것이다. 세계에서 가장 큰 맥도날드 햄버거 가게가 모스크바 중심가에서 성업하고 있었다.

그러나 2022년 2월 러시아가 우크라이나를 침공한 이후 러시아 내에 있는 840여 개의 맥도날드 매장이 32년 만에 철수한다고 발표했다. 그 대신 러시아 석유 재벌 기업이 모스크바에 있는 맥도날드를 인수하고, 상호를 '브쿠스노 이 토치카'(Вкусно и точка, 맛있기만 하면 된다)로 바꿔 영업을 이어가고 있다고 한다. 맥도날드 햄버거 맛에 익숙해진 러시아 젊은이들의 입맛에 맞출 수 있을지 의문이다.

할아버지 보기 힘든 나라

러시아는 전통적으로 모계사회다. 러시아인의 평균 수명은 66세다 [남자 59.3세, 여자 73.1세]. 그래서 남자들의 인구 구성비가 상당히 낮다. 출산에서는 1.06 정도로 남아가 많으나 25세를 기점으로 여성의 비율이 높기 시작하여 65세 이상 되면 0.47 정도로 남자 숫자가 현저히 낮다[The CIA Factbook 2022~2023]. 그래서 그런지 러시아 남자아이는 태어나면서부터 굉장히 애지중지 키우는 관습이 있다. 그러니 남자아이들은 나약하게 되어 사망률도 높다.

남자의 평균 수명이 짧은 이유에는 끝없이 계속되는 전장(戰場)에서 사망, 추운 겨울을 이겨내기 위해 일상적으로 마시는 독한 보드카로 인한 조기 사망 등이 있다. 러시아인들에게 보드카는 술이 아니라 수시로 마시는 음료수에 가깝다. 사무실 책 상위에 보드카 병들이 도열하고 있는 광경을 자주 보게 된다.

러시아 젊은이들은 빨리 피었다 빨리 지는 꽃 같다. 특히 여자들이 '화무십일홍'(花無十日紅)이다. 그래서 애들이 고등학생 정도로 자라면 부모의 동의 아래 동거하기도 하기도 하고, 부모들이 이들을 도와주기까지 한다. 러시아 여자들은 대체로 20대 후반이면 나이 든 태가 난다. 기후 탓이다. 오랫동안 추운 지방에서 지방 섭취를 많이 하면서 살아와 비만이 빨리 오는 체질로 변화해 온 것이다.

그럼에도, 러시아 여성들의 미모는 '하나님이 주문 제작한 작품'이고, 그 외의 다른 민족들은 대량 생산한 제품이라고 스스로 자랑한다. 세계 패션모델의 73%가 러시아계 여인이라는 통계를 보면 틀린 말은 아닌 것 같기도 하다. 푸틴 대통령도 어떤 자리에서 러시아의 3가지 국제경쟁력은 보드카, 발레, 러시아 여성이라고 언급했을 정도다.

어찌 됐든 러시아는 여자가 남자보다 많은 여초(女超)의 나라다. 길거리나 대학 강의실을 가보면 여자들이 많고, 박물관이나 공연장에는 할머니들이 방마다 지키고 앉아있고, 공공시설에서 일하는 직원들도 대부분 중년의 여성들이다. 반면, 할아버지는 어디서도 좀처럼 보기 힘들다.

거대한 국토를 가진 러시아는 인구 감소 문제로 골치 아파하는 나라다[2022년 기준 1억4,580만 명, 인구증가율은 마이너스]. 출산율 자체도 낮지만, 해외로 이민 가는 인구가 늘어나고 있다. 그 이유는 평소의 전제적 정치와 최근의 우크라이나전쟁 등이 주된 원인이 아닐까 생각한다.

⊘ 엄혹한 환경의 유산

일천(日淺)한 시민의식

러시아에서 길을 걷거나 자동차를 타고 다니다 보면 러시아인들이 교통법규를 잘 지키지 않는다는 인상을 받는다. 길거리에 설치된 신호등은 있으나 마나 했다. 운전자들의 경우 다른 차들이 앞에서 신호등을 받고 서 있으면 뒤따라오는 차는 그 차 뒤에서 기다리는 게 아니라, 옆 인도로 차를 몰고 올라가서 지나간다. 그러다 보니 복잡한 거리에서는 사람들이 걸어 다니는 인도로 차량이 달려가는 광경을 보게 된다.

모스크바에서는 수시로 도로를 통제한다. 대통령은 두말할 것도 없고, 어지간한 VIP 차량 차량이 지날 때면 그들이 다 지나갈 때까지 일반 차량은 묵묵히 기다린다. 교통 상황이 이렇다 보니 특권층은 아예 응급사이렌을 구입한다. 차가 많이 밀리는 곳에 오면 창문을 열고 차량 지붕에 사이렌을 올려놓고 웽웽 울리면서 반대 차도를 이용해 질주하기도 한다. 그때 응급사이렌 한 대가 미화 5,000달러였고 크렘린 궁에서 구매 가능하다고 했다. 그리고 그 정도 수준이 못 되면 경찰 지휘봉과 비슷한 막대기를 차 속에 넣어 다니다가 복잡한 거리에 이르면 창문을 열고 그 지휘봉을 휘두르면서, 마치 자신이 경찰인 양 헤쳐나가는 차량도 있었다. 이럴 때면 러시아인들이 참을성이 많은 건지, 아니면 체념하는 건지 알 수 없었다.

2000년대 초까지 러시아에는 택시(Taxi)가 많이 없었다. 형식적으로 정부에 등록된 택시가 있으나, 거리에 거의 보이지 않았다. 그래서 대부분 시민은 지나가는 아무 차나 손들어 세워 값을 흥정하고는 택시로 이용한다. 자가용은 물론이고, 심지어는 구급차도 세워 값을 흥정하면 목적지까지 태워다준다. 그러니 대사관 차량이나 관용차의 운전기사도 빈 차로 오가는 길에 택시로 둔갑하여 몰래 영업행위를 하기도 했고, 그러다 적발되는 경우가 자주 있었다. 시장경제 도입이 일천(日淺)한 러시아에서 자본주의 윤리가 제대로 자리 잡히지 않아 나타나는 기현상이었다.

러시아 경찰에 대해 할 말이 많다. 한 국가의 공권력이 제대로 서 있는지는 그 나라 경찰을 보면 알 수 있다는 말이 있다. 2000년대 초, 당시 러시아 경찰들의 행태를 보면 민중의 지팡이가 전혀 아니었다. 치안을 위해 있어야 할 우범지역이나 교통정리가 필요한 장소에서 경찰을 보기가 힘들었다. 설사 그곳에 있다 하더라도 사고 예방이나 문제 해결에 도움을 주기 위해서가 아니라, 다른 목적이 있어서이다. 외국 지상사 차량[황색 번호판]은 대부분 세워 불심검문에 들어간다. 심지어 외교관 차량[붉은색 번호판]도 세우는 경우가 간혹 있었다. 공산주의 국가에서 흔히 있는 '레드 테이프(Red Tape) 현상'[불필요한 서류나 복잡한 형식을 요구함]이 일어나는 현장이다.

경찰이 검문하면 운전면허증, 보험증서, 차량소유권자 증명서 등 5~6가지 정도의 차량과 관련된 구비 서류들을 하나씩 요구한다. 대부분의 운전자가 이런 서류를 다 가지고 다니지는 않는다는 것을 악용하는 것이다. 만약 한 가지라도 없으면 트집을 잡는다. 당연한 경찰의 업무처럼 보이지만, 결국은 금전으로 해결하게 된다. 그래서 러시아 젊은 이들은 이러한 러시아 경찰들을 두고 "백 루블만 주세요"라는 뜻의 "다바이쩨 스또 루블레이 빠잘스타"(Давайте Сто Рублей Пожалуйста)라는 조어(造語)를 만들어 경찰을 비아냥거리기도 했다. 그때만 해도 러시아 경찰은 제대로 된 급여를 받지 못했다. 임용되면 제복과 간단한 용품만 지급되고 나머지는 각자가 알아서 해결해야 한다고 했다. 지금은 변했을 것으로 짐작한다.

러시아에서 경험한 이들의 시민의식 부족에는 역사에서 그 이유를 찾을 수 있겠다. 제정러시아 시기에는 극소수의 귀족계급을 제외하고는 대부분 인구가 농노로 구성되어 있었다. 1917년 공산혁명이 일어나자 귀족계급은 미국과 유럽 등 서방 국가로 대부분 탈출했고, 남은 인구 대부분은 농노들이었다. 이들이 공산혁명이 일어나자 이에 적극적으로 가담했고, 혁명이 성공하자 프롤레타리아 독재를 내세우며 20세기 말 소련이 붕괴될 때까지 인민의 주류를 이루었다. 이들은 시민의식에 대한 인식이 없었을뿐더러, 이에 대한 교육을 받을 기회가 없었다.

경이로운 문화예술 수준

러시아서 생활해본 사람들은 누구나 한 번쯤은 이런 의문을 가졌을 것이다. 어떻게 이런 러시아에서 문화예술이 발달했을까? 가까운 데서 답을 찾을 수 있다. 우리에게 너무나 친숙한 푸시킨의 고뇌에 찬 시(詩) 〈삶이 그대를 속일지라도〉 구절에서다. 러시아는 겨울이 길고 궁핍한 민생의 역사로 이어져 오고 있다. 험한 자연환경과 고달픈 삶이 사람들을 문화예술에 집착하게 했다고 생각한다. 러시아 문화예술이 이런 토양에서 자라왔다. 러시아 문학이 특히 그런 것 같다.

좀 더 생각해보면, 러시아의 수준 높은 문화예술은 어제오늘 만들어진 것이 아니다. 긴 역사와 함께 독특한 문화예술의 인자가 이어져 왔다. 다만, 20세기 들어 공산주의가 들어서면서 인간성은 훼손되고 인민의 삶이 고달프게 된 흔적이 아직도 남아있어, 그 기준에 비추어 보면 러시아의 높은 문화예술 수준을 이해하기 힘든 것이다.

러시아의 공연예술은 타의 추종을 불허할 정도다. 그 대표적인 것이 발레(Ballet)다. 발레는 원래 이탈리아와 프랑스를 거쳐 들어왔지만, 러시아에서 꽃을 피우게 된 데는 그럴만한 이유가 몇 가지 있다. 첫째, 발레의 3대 명작으로 꼽히는 〈백조의 호수〉, 〈잠자는 숲 속의 미녀〉, 〈

호두까기 인형〉의 음악이 모두 차이콥스키가 작곡한 곡들이다. 위대한 작곡가가 있었기에 가능했다. 율동과 음악이 함께 만든 걸작들이다.

둘째, 러시아인들의 체형도 한몫한다. 러시아인들은 키가 크고 다리가 긴 반면, 어깨가 좁아 발레를 하기에 좋은 조건을 모두 갖추고 있다. 이러한 신체적 조건들이 러시아 발레를 더 돋보이게 한다. 러시아 근무 중 휴가 때 영국 런던의 로열발레단과 헝가리 부다페스트 국립발레단 공연을 볼 기회가 있었다. 러시아 볼쇼이 발레를 보다가 이들을 보니, 비전문가 눈에도 발레리나들의 몸이 무거워 보였다.

셋째, 1년의 절반을 차지하는 러시아의 겨울이 실내 공연인 발레를 발전시켰다. 기나긴 겨울밤, 러시아 귀족들은 실내에서 발레를 즐기며 지냈을 것으로 상상이 된다. 발레 이외에도 오페라, 음악, 연극 등 문화예술 활동은 러시아 사회의 일반적인 수준을 뛰어넘는 고급문화(High-culture)로 자리 잡았다. 물질적으로는 부족할지 모르지만, 러시아인들의 자존심이 여기서 나온다.

러시아는 문학 대국이기도 하다. 푸시킨, 톨스토이, 도스토옙스키, 체호프, 고리키, 파스테르나크 등 수없이 많은 문호를 배출했다. 초기 러시아의 문인들은 문학 활동뿐만 아니라 사상가, 철학자, 교육자로서 역할을 함께했다. 러시아에서 세계적인 문호들이 많이 배출된 것도 겨울과 밤이 긴 자연환경과 무관치 않다. 그리고 항상 침울하고 힘들었던 러시아인들의 삶이 이들 문학작품의 소재가 되기에 적합했다. 거기에다 러시아 언어의 특성에서 오는 요인도 있다고 본다. 한 문장에서 주어, 동사, 목적어, 보어 등의 순서가 별로 중요하지 않고, 의미에도 크게 영향을 미치지 않는다. 러시아어는 변화가 많은 것이 특징이다[주격, 생격, 여격, 대격, 조격, 전치격 등 6격에 따라 명사, 형용사, 대명사, 수사 등이 변한다]. 그래서 표현을 아주 다양하게 할 수 있다.

이런 러시아어는 정확한 의미를 요구하는 계약서 작성에는 적합하지 않다. 해석의 여지가 많기 때문이다. 그러나 다양하고 미묘한 표현이 요구되는 문학에서는 오히려 제격일 수가 있다. 러시아가 처한 자연환경의 악조건이 오히려 예술 분야에서는 화려한 꽃을 피우게 하고, 러시아인들뿐만 아니라 전 세계인들이 풍부한 문화예술을 향유하도록 한다. 개인적으로도 문화예술의 대국인 러시아에서 3년 근무를 마치고 나니 조금은 문명인이 된 것 같았다.

고급문화(High-culture)가 일반 대중에게까지

러시아가 다른 서방 국가와 다른 점 중의 하나는 일반 대중이 고급문화에 쉽게 접근할 수 있는 나라라는 것이다. 1776년 지어진 모스크바 볼쇼이 극장(Bolshoi Theater)과 1860년에 개장한 상트페테르부르크의 마린스키 극장(Mariinsky Theater)은 역사와 전통을 자랑하는 공연장이다. 그래서 외국인들도 러시아를 여행하면 반드시 그곳에서 공연을 보려고 한다. 입장료도 러시아 물가에 비해 비싼 편이다. 외국인 표는 보통석도 100불 정도 했다. 모스크바에 근무하는 동안 볼쇼이 극장이 집에서 가까워 가볍게 걸어가서 공연을 자주 보는 특전을 누리기도 했다. 겨울에는 두툼한 코트를 입기 때문에 들어가면서 반드시 코트를 맡기고, 나올 때 다시 찾는 번거로움이 있긴 했다.

이런 대규모 극장 이외에도 도시 곳곳에 아담한 극장과 공연장들이 있어 연중 내내 연극, 발레, 음악회를 즐길 수 있다. 화려한 공연장은 아니지만, 소박하게 차려입은 그 동네 어른들이 자리를 메운다. 러시아에서 공연 티켓은 2가지가 있었다. 하나는 외국인들에게 판매하는 비싼 표이고, 다른 하나는 러시아인들에게 판매하는 상당히 저렴한 표다. 그래서 경제적으로 넉넉지 않은 서민들도 문화를 접할 수 있게 해준다.

러시아인들의 문화예술에 대한 애정과 수준은 학교 교육에서부터 시작된다. 초등학교 때부터 음악, 미술, 발레 등 문화예술에 대한 교육을 체계적으로 시키고 있다. 학교 정규수업의 과정으로, 매년 조금씩 해당 분야의 수준을 한 단계씩 높여가면서 이론 교육과 현장 교육을 병행한다. 졸업할 때쯤에는 한 작품을 완전하게 이해하도록 만드는 체계적인 방식이기도 하고, 성장하면서 문화예술에 친숙하게 만들어간다.

과거 소련 공산당 73년 동안에도 문화예술 활동을 억제하거나 말살하지 않았다. 공연예술에서 일정 부분 체제에 맞게 수정하는 정도의 간섭은 있었던 흔적이 남아있다. 발레, 음악, 미술, 연극 등 고전적 예술이 맥을 이어오고 있다. 유사한 체제였지만, 중국 마오쩌둥(毛澤東)의 공산당이 1966년부터 10년간 '문화대혁명'을 통해 중국의 전통과 문화를 완전말살하려 했던 것과는 대조적이다.

한때 소련 시절에는 군사 무기가 수출 주력 산업이었다. 소련 붕괴 이후 러시아는 무기 대신 문화를 수출의 주력 산업으로 키워오고 있다. 러시아는 모든 장르의 문화예술 방면에서 경쟁력을 가지고 있기 때문이다. 볼쇼이 극장이나 마린스키 극장이 외국 관광객으로부터 버는 수입은 말할 것도 없고, 이들 극장이 여름 휴가철에는 세계 곳곳을 돌면서 외화벌이를 한다. 차이콥스키 음악원에서 수학하는 음악도, 그리고 연극, 미술, 발레를 공부하기 위해 각국의 유학생들이 러시아에 모여든다. 어찌 보면 현대 러시아는 과거 군사강국에서 문화강국으로 위상을 바꾸어가면서, 고급문화를 수출하는 나라로 변신하고 있는지 모른다.

러시아 귀족들은 서유럽의 문화, 특히 프랑스 문화를 숭상하고 모방하기를 좋아했다. 러시아 문학 작품에서도 자주 나타나듯이, 소위 식자층 사람들은 대화 중에 프랑스어를 자주 사용하곤 했다. 그만큼 프랑스의 화려하고 사치스러운 문화에 대한 흠모가 있었다. 현대 러시아의 대중들도 미적 감각이 뛰어난 것 같다. 제정러시아 귀족들의 화려한 문화가 서민들에게까지 퍼진 것이다.

2000년대 초 모스크바 시내 도로변에는 한 집 건너 한 집이 여성

신발 가게였다. 러시아 여성들의 미모는 이미 세계적으로 알려진 사실이다. 그들은 타고난 미모를 감추지 않고, 오히려 화려함을 추구하고 있었다. 신발, 의복 등 몸치장을 위한 소비 성향이 소득에 비해 높아 보였다. 거기에 더해 공산주의 시절의 배급 문화가 몸에 배어, '있는 대로 쓰는' 심리와 은행에 대한 불신도 영향을 미친 것으로 보였다.

⊘ 문화 대국에서 일한 보람

상트페테르부르크와 에르미타주

상트페테르부르크(St. Petersburg)는 러시아 제2의 도시다. 모스크바가 정치와 경제의 중심 도시라면 상트페테르부르크는 역사와 문화의 도시이다. 도시 이름인 상트페테르부르크는 러시아를 근대국가로 기틀을 잡게 한 17세기 말의 '피터대제'(Peter the Great)의 이름에서 따온 것이다. 이곳은 유럽으로 향해 열린 창문과 같은 곳으로, 서구의 사상과 문물이 이곳을 통해 들어왔다. 그래서 1917년 레닌의 공산혁명도 이곳에서부터 발발했던 것 같다. 소련 공산당 시절에는 레닌의 이름을 따 레닌그라드(Leningrad)로 불리다가 소련이 해체된 후 다시 원래 이름으로 되돌아갔다.

그런 상트페테르부르크가 필자가 근무한 2003년, 정도 300주년이 되는 역사적인 해를 맞았다. 상트페테르부르크는 도시 전체가 박물관과 같은 느낌을 줄 정도로 건물 하나하나가 고색창연하다. 그러나 당시 러시아 중앙정부나 지방정부가 모두 재정이 충분치 못해 300주년을 기념하기 위한 도시의 문화유적들을 대대적으로 보수하기가 힘든 상황이었다. 그래서 정도 300주년 행사를 앞두고 러시아 정부는 세계 각국의 정부 또는 기업이 300주년 행사에 참여하여 홍보할 기회를 주고, 그 대가로 협찬받기를 원했다.

우리 정부와 기업에게 행사 참여 요청이 있었다. 삼성전자와 LG전자가 도시의 일부 보수와 박물관 개보수에 일정 부분 참여하고, 기업 광고를 한 것으로 알고 있다. 국가 문화유산이 많은 나라들이 국가재정이 충분치 않아 보존이 잘 안 되는 경우가 왕왕 있다. 대표적으로 이집트와 당시 러시아가 그랬던 것 같다. 발굴 작업이나 개보수를 위해 국제기구나 외국 정부 기관 또는 외국 기업의 협찬을 받는 것도 인류 문화유산을 보호하는 방법으로 나쁘지 않다고 생각한다.

이런 상트페테르부르크에 영국 대영 박물관, 프랑스 루브르 박물관과 함께 세계 3대 박물관으로 알려진 '에르미타주 박물관'(The State Hermitage Museum)이 있다. 예카테리나 여제(Ekaterina, 1729~1796)의 겨울 궁전을 1764년 개조한 에르미타주 박물관은 겉모습은 장엄하진 않지만, 내부는 화려하고 소장품이 많은 곳으로 유명하다. 약 300만 점을 소장하고 있는 것으로 알려져 있다. 그래서인지 전시 공간에 비해 많은 작품을 전시해놓은 것 같았다.

에르미타주 박물관은 계몽군주라 자처했던 예카테리나의 개인적인 수집품을 전시했던 여제 전용 미술관에서 시작했다. 그래서 에르미타주 명칭도 '은인(隱人)의 암자'라는 뜻에서 따왔다고 한다. 소장품 중에는 러시아 작가들의 작품도 있지만, 예카테리나 여제가 유럽 예술품 수집을 좋아해 유럽 작품들이 많다. 독일계인 예카테리나는 당시 프랑스와 서유럽 국가들로부터 계몽사상과 문화를 적극적으로 도입시킨 군주이기도 하다.

그 후 1917년 러시아혁명이 일어나자 귀족들이 소유하고 있던 작품들을 많이 압수해 소장하고 있다는 이야기도 있다. 다빈치, 라파엘로, 렘브란트, 미켈란젤로, 모네, 고흐, 마티스, 피카소, 칸딘스키에 이르기까지 대가들의 유명 작품들이 전시되어 있다. 특히 앙리 마티스 그림이 많이 전시되어 있어, 그의 그림을 제대로 보려면 에르미타주 박물관을 가보라고 권하고 싶다.

이 박물관은 한국 사람은 물론 세계 각지에서 온 관광객이 관람하는 곳이다. 1층에 들어서면 박물관 행정용으로 삼성전자 컴퓨터가 설치되어 있었다. 삼성전자가 러시아에서 공익사업의 일환으로 자사의 컴퓨터를 기증한 것이었다. 2000년대 초 러시아 경제사정을 감안하면, 박물관에서 고가의 삼성 컴퓨터 여러 대를 구입하기 쉽지 않았을 것이다. 삼성전자는 LG전자와 함께 그곳뿐만 아니라 볼쇼이 극장 등 문화시설과 문화사업에도 많은 공헌 사업을 하고 있었다.

콧대 높은 에르미타주 박물관장

에르미타주 박물관 관장은 문화부의 차관급이지만, 문화를 중시하는 러시아에서 직급을 떠나 러시아 유력인사 중 한 사람으로 꼽힌다. 물론 세계적으로도 명성이 있는 인사다. 문화원장으로 재직하는 동안 [2000~2003] 박물관장을 공식적으로 면담한 일이 있었다. 당시 국내 모 일간지에서 러시아가 2차 대전이 끝날 무렵 독일 베를린 박물관에서 전시품들을 전리품으로 가지고 나왔으며, 그 작품 중에는 한국 작품이 일부 있다는 보도가 있었다. 보도 내용대로 한국 작품이 포함되어 있는지를 가서 확인하라는 본부 지시가 떨어졌다.

현지 러시아 행정원을 통해 공식적으로 면담을 여러 번 요청하였으나 예상했던 대로 박물관장은 한국대사관 문화원장을 쉽게 만나주질 않았다. 온갖 인맥을 동원하여 어렵사리 면담 일정이 잡혔다. 단, 면담 시간은 15분만 허락됐다. 모스크바에서 박물관이 있는 상트페테르부르크까지는 그 당시 도로 사정상 자동차로는 이동이 거의 불가능했고, 기차로는 6시간, 비행기로는 1시간 30분 정도 거리였다. 박물관장 사무실의 아늑한(Cozy) 분위기가 아주 인상적이었다. 러시아에서 고위층 사무실을 방문할 때마다 느끼는 것이지만, 그들의 실내 공간 꾸미는 미적 감각은 놀라웠다.

집무실에 들어가 간단히 인사하고, 앉자마자 서로 덕담은 생략하고 본론으로 들어갔다. 본부의 훈령대로 2차 대전 당시 베를린으로부터 들어 온 유물 중에 한국 유물이 포함되어 있는지를 물었다. 박물관장은 이미 일부 서방 언론에서 그런 보도가 있었다는 사실을 알고 있었다. 그는 일언지하로 러시아가 2차 대전 당시 독일에서 유물을 가지고 오지도 않았을뿐더러, 한국 유물도 당연히 없다고 답을 했다. 그 정도 수준의 답변은 예상했었다. 전쟁에서 전리품을 가지고 왔다고 말할 리 없고, 가져왔더라도 쉽게 돌려줄 리가 없다. 특히, 러시아인들은 더 그럴 것이다.

그래서 힘들게 만난 박물관장에게 평소에 생각하고 있던 간청을 하나 하기로 미리 마음먹고 갔다. 2000년도 당시 에르미타주 박물관에는 한국인 작품이 딱 한 점 걸려있었는데, 김홍수 화백의 작품 〈승무〉였다. 박물관을 관람한 한국 사람이면 누구나 그것을 자랑스럽게 생각했을 것이다. 그런데 그 작품이 걸려있는 장소가 마음에 들지 않았다. 제대로 된 전시룸이 아니라 층과 층을 이동하는 계단 위에 걸려있었다. 앞에서도 언급했지만 에르미타주 박물관은 전시 공간에 비해 작품을 여기저기 많이 게시하는 스타일이었다. 그러다 보니 그럴 수도 있겠다는 생각이 들었지만, 문화원장으로서 용기를 내어 말을 꺼냈다. 논리는 한국 사람들이 이 박물관을 많이 방문하고 있고, 그들이 오면 그 그림을 보고 자부심을 느끼고 돌아간다고 설명하면서, 좀 더 보기 좋은 위치에 걸어줄 수 없느냐는 부탁이었다.

그랬더니 박물관장의 반응은 그 김홍수 화백의 그림이 칸딘스키 그림이나 피카소 그림들과 가까운 위치에 걸려있는 것만으로도 고맙게 생각하라는 반응을 보였다. 전혀 요청을 들어줄 생각이 없는 표정이었다. 그 일 이후 불안한 마음에 김흥수 화백의 그림이 그 자리에 걸려 있는지 궁금하여 박물관을 다녀온 사람들에게 수시로 물어보곤 했다. 그 후 별일은 없었다. 객관적으로 봐도 김흥수 화백의 그림이 그런 저명한 화가들의 작품들과 같은 반열에 있다는 것 자체가 큰 영광이라는 것은 틀린 말이 아니다. 그때 만났던 에르미타주 박물관장의 인상은 세계적인 박물관의 관장으로서 권위가 있어 보였다.

'톨스토이 문학상' 만들다

톨스토이(Leo Tolstoy, 1828~1910)는 러시아의 대문호이다. 그의 대표적인 작품인 『전쟁과 평화』, 『부활』, 『안나 카레니나』 등은 우리에게도 친숙한 작품들로서 문학 애호가들의 사랑을 받고 있다. 러시아인들에게 톨스토이는 문학가 이상의 사상적, 정신적인 지도자로서 자리잡고 있다. 그는 백작이라는 귀족계급 영주였음에도 불구하고 농노의 해방 문제나 서민들의 삶을 진지하게 고뇌했던 철학자에 가까운 인물이었다.

모스크바의 근교에서 활동하고 떠돌다 객지에서 사망하고 되돌아간 그의 대농원 '야스나야 폴랴나'(Yasnaya Polyana, 밝은 숲 속의 초지)에는 지금도 러시아인들의 발길이 끊이지 않는다. 그는 어린 시절 동생들과 술래잡기하면서 뛰어놀았던 영지 내 숲 속, 양지바른 곳에 안치되어 있다. 유언에 따라 무덤은 비석도 없이 네모 모양의 흙더미로만 되어있다. 방문객들이 놓고 간 꽃들이 주변에 없다면 알아보기조차 힘들 정도다. 귀족임에도 불구하고 그의 삶이 어떠했는지 짐작하게 하는 부분이다. 그래서 톨스토이는 오늘날까지도 러시아인들이 가장 존경하는 위대한 인물이다.

문학대국인 러시아에서 한국문화원은 2000년 초부터 '문학인의 밤' 행사를 개최하기 시작했다. 모스크바를 중심으로 한 러시아 문인들과 문학을 사랑하는 고려인 100여 명이 참석하여 시(詩) 낭송회 등 문학 교류 행사를 했다. 그 행사의 일환으로 러시아어로 번역된 한국 문학 작품을 수집하기 시작했다. 러시아는 의외로 한국문학 연구의 역사가 깊고 관심도 많은 나라였다는 사실을 알게 되었다.

러시아 전역에 있는 한국학 연구소를 비롯하여 각 대학 도서관에 연락하여, 러시아어로 번역된 한국문학 작품을 수집하기 시작했다. 그랬더니 그 당시 이미 러시아어로 번역된 한국 문학 작품이 50여 종이 되어 크게 고무되었다. 백방으로 노력한 끝에 그중 48권의 작품을 러시아 전역에서 구입하거나 기증받아 문화원 자료실에 장서로 비치하기에 이르렀다.

문학에 관심이 조금씩 커지고, 분위기가 무르익는 가운데 새로운 아이디어 하나를 접하게 되었다. 문화원 행사에 적극적이던 당시 고려인 작가 '아나톨리 김'이 러시아에서 한국이 후원하는 '문학상'을 하나 제정하는 것이 어떻겠느냐는 제안을 정태익 대사를 만난 자리에서 한 것이다. 대사가 문화원장인 필자에게 전했다. 귀가 번쩍 뛰었다. 문학에 대한 자긍심이 높은 러시아에서 우리가 후원하는 문학상을 하나 만드는 것은 그 자체로 큰 의미가 있다고 생각했다.

왜냐하면 평소에도 러시아에서 한국기업 삼성이나 LG전자가 러시아에서 지속적으로 비즈니스를 잘하기 위해서는 제품 판매에만 몰두해서 안 된다는 생각을 하고 있던 참이었다. 물론 이들 기업도 일정 부분 공익사업을 하고 있었다. 그러나 그것으로는 일반 소비 대중들에게까지 전파되기에는 부족한 면이 있었다. 민족주의 의식과 패배 의식마저 있는 러시아에서 우리 기업들이 돈만 벌고 현지를 위해 하는 일이 없다는 이미지가 쌓여가는 것은 장기적으로 좋지 않은 것이다. 경공업 소비제품 생산이 취약했던 러시아에서 우리 양대 기업이 가전제품 시장을 거의 독식하다시피 했기 때문에, 그런 우려를 불식시킬 필요가 있다고 생각하고 있었다.

그래서 러시아 문학상을 추진하여야겠다는 결심이 섰다. 곧바로 아이디어를 낸 아나톨리 김을 만나 추진 방안에 대해 논의하는 과정에 러시아인들이 가장 존경하는 '톨스토이 문학상'이 좋겠다는 결론을 내렸다. 수많은 문인을 배출한 문학의 대국임에도 불구하고, 당시 러시아에는 이렇다 할 문학상이 하나도 없었다. 재정적인 요인이 컸겠지만, 예상 밖의 현상이었다. 이에 흥분되기도 하고, 자부심도 생겼다.

톨스토이 문학상 추진계획을 수립하면서 후원사를 누구로 할 것인가를 고심한 끝에 삼성전자가 적합하다고 판단하기에 이르렀다. 곧바로 삼성전자 러시아 법인장을 찾아가 이를 설명하였더니, 아이디어는 좋으나 예산 규모가 본인이 결정하는 수준을 넘기 때문에 서울 본사에 연락해서 반응을 알려주겠다고 했다. 그 후 약 한 달이 조금 지났을 즈음에 연락이 왔다. 본사에서 추진하라는 지시를 받았다는 것이다. 나중에 알게 된 사실이지만, 삼성의 경우 당시 10만 달러 이상의 해외 홍보 사업은 홍라희 여사가 직접 검토하여 결정한다고 들었다.

다음, 톨스토이 문학상을 제정하기 위해서는 그의 후손들과 협의를 거쳐야 했다. 당시 '야스나야 폴랴나'에 소재하는 '톨스토이 박물관'에 그의 4대 손자인 블라지미르 톨스토이가 관장으로 있었다. 그도 기꺼이 문학상 제정에 동의했다. 첫 문학상 제정 절차와 조건은 복잡하지 않았다. 먼저 문학상을 문학단체를 통해 러시아 전역에 공지하고, 장르와 작가의 국적과 관계 없이 응모할 수 있게 했다. 심사위원회를 구성하여 당선작을 결정하고, 당선작품에 대해서는 상금과 함께 작품을 출판하여 활용하는 것으로 했다.

작품 시상식은 톨스토이 후손들이 매년 9월 초 세계 각지에서 돌아와 톨스토이 추모회가 열리는 기간에 그의 무덤이 있고, 박물관이 있는 야스나야 폴랴나에서 열기로 했다. 실무 추진 과정에서 삼성과 톨스토이 박물관 측 사이에 문학상 명칭을 두고 줄다리기를 하기도 했다. 톨스토이 박물관 측은 '톨스토이-삼성 문학상'으로 하자고 했고, 삼성 측에서는 '삼성-톨스토이 문학상'으로 하자고 고집했다고 했다.

결국 후자의 이름으로 제정되었다.

그 해 2002년 최초로 '삼성-톨스토이 문학상'을 공지하고 첫 문학상을 탄생시켰다. 그 후 시상식에 우리나라 문화체육관광부 차관이 행사에 참석하기도 했고, 우리 대통령의 러시아 방문 기간이 문학상 수여 기간과 일치했을 때는 영부인이 그 행사에 참석하기도 하였다. 지금도 '삼성-톨스토이 문학상'은 매년 수여되고 있으며, 삼성 본사에서 우수 해외홍보 사업으로 선정되었다는 후문도 들었다. 현지에서는 삼성을 포함한 한국 기업 이미지 제고에 크게 기여할 수 있는 홍보사업의 표상이었다고 생각된다. 나아가 한·러 양국의 우호 증진에도 상징적인 사업으로 평가될 만 한 일이었다.

시베리아횡단 열차 공공외교

2002년 초여름 러시아 동쪽 끝 블라디보스토크(Vladivostok)에서 출발하여 모스크바를 거쳐 상트페테르부르크까지 장장 9,940km를, 22일간 기차를 이용하여 공공외교를 펼친 적이 있다. 이를 '한·러친선특급사업'이라 명명하였다. 한·러수교 12주년을 맞아 양국 간 친선을 도모하고 이해를 심화시키기 위해 한국대사관과 러시아 연방정부가 야심적으로 추진한 사업이었다. 한국 측으로서는 러시아 횡단철도를 따라 지방 도시를 돌며 러시아 전역에 한국을 홍보하고, 행사에 참가하는 한국에서 오는 각계각층의 인사들[300여 명]에게는 러시아를 제대로 알게 하자는 데 목적이 있었다.

당시 러시아는 '시베리아횡단철도'(TSR, Trans Siberia Railroad)를 한반도철도(TKR)와 연결하는 자국 국책사업 추진 분위기 조성에 도움이 될 것으로 기대했었다. 그 당시 김대중 정부와 러시아 정부는 부산에서 출발하는 남북한 연결 철도와 블라디보스토크에서 출발하는 러시아 철도를 연결하는 사업이 적극적으로 논의되고 있을 때다. 그러나 결국 노후된 북한 철도의 현대화 문제, 북한 당국의 국경 개방으로 인한 체제 불안정 우려로 인한 소극적인 자세, 중국의 강대국 부상으로 인한 지정학적 상황변화, 그리고 우리의 정권교체 등 요인에 의해 진전을 이루지 못했다.

이 행사를 위해 한국대사관[이재춘 대사]은 행사 2년 전부터 예산 확보 등 치밀한 계획을 세우는 한편, 러시아 정부와도 협의를 해왔다. 당시 러시아로서는 TKR과 TSR 연결 사업에 많은 공을 들이고 있었던 터라 평소 다른 사업과는 달리 협조가 순조로웠던 것 같았다. 러시아 철도부는 2002년 7월 16일부터 약 2주간 러시아 횡단 철길을 열어주고, 열차도 1대를 통째로 임대해주었다. 한편, 우리 대사관은 열차에 탑승할 인사를 선정하는 데도 신경을 많이 썼다. 학계, 언론계, 정관계, 문화계, 대학생 등 각계각층으로 구성된 260여 명을 공개적이고 투명하게 선발하였다. 이들은 2002년 7월 14일 대한항공 전세기편으로 서울에서 출발하여 블라디보스토크에 도착했고, 다음 날 연해주 독립운동의 근거지였던 '신한촌'에서 역사적인 '한·러친선특급사업'의 발대식을 가졌다.

이 열차는 러시아 주요 도시에 정차하여 1박 하면서 그 지역의 유력인사도 접촉하고 경제행사, 문화행사 등을 개최하는 전형적인 '찾아가는 외교 행사'였다. 행사 진행 요원을 포함하여 한국인 약 300명을 태우고 대륙을 횡단하는 열차는 총 19량으로 구성되어 있었다. 열차는 페인트 냄새가 날 정도로 도색과 정비를 막 끝낸 깨끗한 새 열차였다. 19량 중 14량이 침대칸으로 된 객실이고, 3량이 식당칸, 1량은 짐칸으로 배정되었다. 블라디보스토크역을 출발한 기차는 10시간 이상을 단숨에 달려 첫 기착지인 하바롭스크(Khabarovsk)에 도착했다. 하바롭스크역 광장에 도착하니 군악대 연주와 함께 주(州) 정부 인사, 화려한 러시아 민속 복장을 한 여성들이 한국에서 온 손님들을 환대해주었다. 이런 도착 의전 행사는 그 후 도착하는 역마다 계속되었다.

'한·러친선특급사업'은 기업간담회, 한국영화제, 사진전, 김덕수 사물놀이, 한·러 대학생 유스페스티발로 구성되어 있었다. 세상에서 가장 긴 '밴드웨건'(Bandwagon)이었다. 문화원 소관 사항인 영화제나 사진전은 행사 예정 도시에 미리 선발대가 가서 사전 준비하고, 본대가 기차로 도착하면 개막식을 하고, 문화행사는 며칠간 진행되었다. 그러니 영화나 사진들은 몇 세트를 미리 준비해야 했다. 김덕수 사물놀이 일행은 연주자와 무용단을 합쳐 총 25명으로 구성되어 있었다. 열차 1량을 배정받아 함께 이동하면서 주요 도시에서 공연장을 빌려 총 9회의 공연을 성황리에 했다. 사물놀이 공연을 반복적으로 듣다 보니 잠자리에서까지 그 음률이 귓전에 맴돌았다.

하바롭스크에서 밤낮없이 62시간을 계속 달려 다음 행선지 이르쿠츠크(Irkutsk)로 가는 길에 시베리아 벌판 위에 펼쳐진 저녁노을과 지평선 넘어가는 붉은 태양은 장관이었다. 아침나절에 달리는 차창 밖으로 보이는 시베리아 들판은 수채화와 같았다. 짧은 여름 한 철 이름 모를 갖가지 야생화들이 앞다투어 피어있는 광야는 신이 그려놓은 환상적 작품이었다.

이르쿠츠크에는 바이칼호수(Lake Baikal)가 있다. 세계 담수의 20%나 될 정도로 거대하고, 수심이 제일 깊은 곳은 1.6km에 이른다. 바이칼호수의 물을 바다로 퍼내면 해수면이 5cm 정도 오른다고 한다. 그 물은 음료수로 마실 수 있을 정도로 오염되지 않고 청정 호수로 남아있었다. 바이칼호수 일대에는 러시아 소수민족 중 하나인 '브리야트'(Briyat)족이 살고 있었다. 2000년 당시 지역 주민의 약 35%나 되는 브리야트족은 생김새나 생활 풍습이 우리 한민족과 너무나 흡사했다. 길거리서 마주치는 사람들이나 교통정리를 하는 경찰관의 모습은 놀라울 정도로 우리와 닮아있었다. 우리 한민족의 기원이 바이칼호수 주변이라는 학설도 있다.

바이칼호수에 도착한 김덕수 사물놀이패는 당초 계획에도 없었던 즉석 야외 노제(路祭)를 올리자는 제안을 했다. 민속 음악 대가인 김덕수 씨다웠다. 눈 앞에 펼쳐지는 바이칼호수를 보는 순간 찡한 감동이 온 것이다. 호수 주변에 관광 상품을 파는 노천시장의 일부 공간을 임시 무대로 활용하여 간이 제사상을 차리고 제를 올렸다. 사물놀이와 무용공연이 제례로 이어졌다. 그 주변을 지나던 러시아 행인들과 외국 관광객들이 모두 무료 공연을 관람한 셈이었다. 일종의 플래시몹(Flash Mob)이 되었다. 공연은 관중을 위한 것이라기보다는 한민족의 무궁한 발전과 남북통일의 염원을 담아 보내는 신성한 바이칼호수를 향한 기원이었다. 공연에 앞서 문화원장도 축문을 급조해 우리 민족의 안녕을 바이칼호수를 향해 빌었다.

열차는 달리고 달려 시베리아 우랄산맥을 넘어 노보시비리스크(Novosibirsk), 예카테린부르크(Yekaterinburg) 등 대도시에 도착하여 거기서도 하루씩 머물면서 경제, 문화, 청소년교류 행사 등 양국 간 친선을 도모하는 행사를 계속했다. 그리고 러시아의 수도 모스크바에 도착한 한국 일행은 크렘린 궁전에 초대되는 영광도 누렸다. 크렘린 안 대극장에서의 환영회에 이은 사물놀이 공연은 '한·러친선특급사업'의 절정이었다. 러시아 측도 그들의 민속 음악을 선보였다. 그리고 양국 공연단의 협연은 모스크바의 밤을 뜨겁게 달구었다.

모스크바를 떠난 열차는 최종 목적지인 상트페테르부르크에 도착했다. 상트페테르부르크에서는 조선 시대 고종황제가 보낸 이범진 초대 공사의 추모비 제막식이 준비되고 있었다. 한국 대표단 일행은 모두 제막식에 참석하여 조선 말기 비운의 한국 역사를 되돌아보기도 했다. 이렇게 20여 일간 계속된 러시아횡단사업은 성공리에 마무리되었다. 상트페테르부르크에서 해단식을 끝으로 대단원의 막을 내렸다.

러시아에서 300여 명의 22일간 대장정이 한 건의 사고도 없이 진행되었다는 것이 지금도 믿기지 않는다. 행사 참가한 한국 사람들은 모두 만족하여 이 사업을 매년 개최하자는 제안을 하기도 했다. 일생을 두고 잊지 못할 여행이었을 것으로 확신한다. 국내에서 참가한 인사들은 모스크바에서 항공기 편으로 모두 귀국했다. 그 행사를 기획하고 주관한 당시 러시아대사관의 외교관들이 큰일을 해냈다고 생각한다. 그 후 유사한 프로그램이 가끔 있는 것으로 알고 있다.

⌚ 현대판 '짜르'(Tsar)

전쟁과 푸틴

어린 시절 푸틴(Vladimir V. Putin)은 제2차 세계대전의 후유증을 몸소 체험하면서 자랐다. 전쟁에 참여했던 아버지는 부상으로 고생했고, 어머니는 가난으로 생계가 어려웠다. 그때부터 그는 '약하면 당한다'는 생존 방식을 터득하고 일찍부터 유도와 레슬링 등 무예로 체력을 단련하고, 흔한 보드카도 거의 마시지 않는 탄탄한 청년으로 자라났다. 상트페테르부르크 국립대학을 졸업하고 KGB에 입사하게 되고, 동독 지부에 파견 근무를 했다. 거기서 역사적인 베를린 장벽의 붕괴[1989년], 그 후 소련의 해체[1991년] 과정을 두 눈으로 지켜본 인물이다. KGB 해외 근무 경력과 격변기를 겪은 푸틴은 국제정치의 본령을 잘 이해하고 있을 것으로 생각한다.

소련으로 돌아온 푸틴은 한직이라 할 수 있는 상트페테르부르크 국립대학에서 정보요원으로 근무했다. 이때 푸틴을 가까이서 지켜본 사람들이 그를 정치인으로 변신하게 했다. 당시 시의회 의장인 솝차크[그 후 초대 민선시장]의 눈에 띄어 그의 보좌관으로 발탁되면서 정치에 첫발을 들여놓게 되었다. 그 이후 능력을 인정받아 부시장 자리까지 올라가면서 외자 유치 등에 성과를 냈다고 알려져 있다. 그 당시 크렘린 재정 담당 보르딘(Pavel Borodin)의 추천으로 대통령궁에 입성하게 되고, 거기서 옐친 대통령을 운명적으로 만났다.

푸틴이 정치인으로 확실하게 능력을 보여준 사건은 제2차 체첸전쟁에서 옐친 대통령의 권한대행으로 큰 성과를 거두면서부터다. 여기서 체첸이 어떤 곳인지 잠깐 살펴볼 필요가 있겠다. 러시아에서 체첸은 하나의 지역 이상으로서 의미를 지니고 있다고 생각한다. 러시아 민요로 우리에게도 많이 알려진 〈백학〉[쥬라블리]은 체첸의 젊은이들이 전쟁터에서 돌아오지 않는 슬픔을 노래한 것이다. 체첸은 흑해와 카스피해 사이에 있는 카프카스산맥 일대에 있는 조그마한 러시아 자치공화국이다. 땅의 크기는 우리의 경상북도 크기이고, 인구는 약 120만 명으로 작은 지역이다. 인종적으로는 대부분 체첸인으로 구성되어 있고, 체첸어를 사용하고, 종교는 수니파 이슬람을 믿는다.

러시아가 이 일대를 정복하기 위해 계속 전쟁을 벌여오다 1859년에 장악하게 되었으나, 1917년 러시아혁명이 일어나자 체첸인들이 독립된 공화국을 수립하였다. 그러다 1921년 소련이 다시 점령하고 자치공화국으로 편입시켰다. 스탈린은 체첸 지식인 10만여 명을 처형하거나 다른 지역으로 강제 이주시켰다. 이유는 제2차 세계대전 중 카프카스 지역으로 진입한 독일군을 도왔다는 것으로 인구의 거의 절반인 약 50만 명을 중앙아시아로 강제 이주시키기도 했다.

러시아 정교가 아닌 이슬람을 믿는 체첸인들은 호시탐탐 독립을 갈망해왔다. 그러던 차 1991년 소련이 해체되는 기회를 포착하여 그해 10월 압도적 지지를 얻고 있던 두다예프(Dzhokhar M. Dudayev) 대통령이 독립을 선언하였다. 그러나 러시아는 이 지역이 송유관이 통과해 전략적으로 중요할 뿐만 아니라, 소련 붕괴 직후 혼란 시기를 틈탄 연방 이탈이 다른 지역에도 영향을 미칠 것을 우려해 독립을 용인할 수 없었다.

1993년 러시아는 체첸 일부를 '인구세티아'(Ingushetiya) 공화국으로 떼어내어 신생 러시아 공화국으로 편입시켰다. 나머지 지역으로만 독립한 체첸에서는 두다예프가 비(非)체첸인들에게 극심한 차별정책을 폈다. 그래서 러시아 지식인들은 쫓겨나고, 체첸의 경제는 곤두박질쳤다. 그러자 두다예프 지지자들과 반대파들 간에 내전이 일어났다. 내전 기간 러시아는 반군을 지원하면서 정권 전복을 노렸으나 실패하였다. 1994년 11월 29일 두다예프에게 항복하라는 최후통첩을 보냈으나 거부당하자, 러시아군은 체첸을 침공하기 시작했다. 이것이 제1차 체첸전쟁이다.

소련 붕괴 직후의 러시아 상황은 혼란 그 자체였다. 특히 경제적으로 거의 공황 상태에 이르렀기 때문에 체첸군과의 전쟁은 쉽지 않았다. 그러자 옐친은 평화협정을 맺었다. 협정 내용은 1997년 7월 1일까지 러시아군 완전 철수, 체첸 정규군 유지, 1999년까지 체첸의 지위에 대한 결정 유보 등이었다. 이는 사실상 러시아의 패배를 의미했다. 그러자 복수심 강하기로 유명한 체첸 반군들은 그 여세를 몰아 1999년 9월 모스크바 시내 아파트 및 극장 테러, 상트페테르부르크 테러 등 연쇄적 무차별 공격을 해 수백 명의 러시아 국민이 사망했다.

한편, 체첸군은 1999년 8월 인접한 카스피해 연안의 다게스탄 지역을 침공했다. 명분은 러시아 공화국에 속해 있던 다게스탄을 해방하고 러시아 내에 이슬람 국가를 건설하겠다는 야욕으로 2천여 명의 체첸군을 이끌고 침공을 개시했다. 그러자 러시아는 체첸 반군이 다게스탄 국경을 넘는 것을 연방 체제에 대한 도전으로 여겨, 1999년 말부터 강력한 군사력으로 체첸을 공격하는 제2차 체첸전쟁을 벌였다.

2000년 1월부터 옐친 대통령 권한대행이었던 푸틴은 총공세로 체첸군을 격파했다. 그렇게 수도 그로즈니 지역을 점령하면서 러시아의 승리로 끝났다. 체첸군 총 22,000명 중 약 50% 정도만 생존해서 남부 산악지대로 밀려났다. 2009년 푸틴이 러시아가 체첸에 대한 '반테러작전'을 종결한다고 선언하면서 긴 전쟁은 일단락되었다. 체첸은 다시 러시아연방에 복속되었다. 옐친의 1차 체첸전쟁은 실패하였으나, 푸틴의 2차 체첸전쟁은 승리로 끝났다. 그 직후 푸틴의 지지율이 20%대에서

74%까지 상승하였고, 정치가로서 완전히 자리를 굳혔다. 그 일 이후 그는 전쟁을 자신의 정치적 입지를 위한 수단으로 여기고 있을지도 모르겠다.

지칠 줄 모르는 야망

푸틴이 2000년 대통령에 당선된 후 그의 일성은 '위대한 러시아'(Greater Russia) 건설이었다. 과거 냉전 시대 미국과 힘을 겨루었던 막강했던 소련의 국력을 재건하겠다는 의지다. 그는 러시아가 안정되려면 국가가 강력한 힘을 가져야 한다는 생각을 어릴 적부터 갖고 자랐다. 그런 푸틴이 2000년부터 2번 연임해 8년간 대통령직을 수행한 후, 당시 러시아 헌법상 3선 연임 금지 규정에 따라 2008~2012년 4년간 총리로 재직했다[막후 통치]. 그 후 2012년에 다시 대통령으로 당선되어 세 번째 6년 임기를 마치고, 현재 4번째 대통령직을 수행하고 있다[2018~2024]. 총리직을 수행한 기간을 빼고도 20년 가까이 국민의 70%대의 지지를 받는 지도자로서 러시아를 통치하고 있다. 그를 현대판 '짜르'(Tsar)라 부르는 것도 무리는 아니다.

푸틴의 철권통치는 '올리가르히'(Oligarch) 정리부터 시작됐다. 소련이 붕괴하고 러시아로 체제가 전환되는 과정에 무능했던 옐친과 신흥재벌인 올리가르히와의 부정부패 사슬을 끊어나가기로 하고, 이들과의 전쟁을 선포했다. 새로운 세금을 부과하고, 부정한 행태에 대해서는 배임과 횡령죄를 가차 없이 물었다. 러시아 제일의 석유 재벌인 호도르콥스키를 사기와 탈세 혐의로 해외로 추방하고, 언론재벌인 베레 좁스키를 비슷한 죄목으로 영국으로 축출시킨 것 모두 푸틴의 정치력 이었다. 공정한 경제질서를 유지한다는 것이 대의명분이었지만, 사실 은 옐친 대통령의 통치 기반에 대한 개혁 조치였다.

그러면서 자신의 권력 기반을 공고히 하는 작업을 서서히 해오고 있다. 친위대 권력기관인 검찰, 경찰, FSB, 국세청 등 권력기관과 상트 페테르부르크 출신 인사들로 구성된 '실로비키'라는 기구를 만들고, 친 (親) 푸틴 올리가르히를 키워오고 있다. 영국 프리미어 축구팀 첼시 전 구단주 아브라모비치가 그중 한 사람으로 알려져 있다.

장기 집권하고 있는 푸틴은 가끔 대외적으로 힘을 과시하며 그의 권력을 공고히 하는 경향이 있다. 2014년 우크라이나 크림반도를 러시 아로 복속시켰다. 그 직후 여론조사에서 푸틴의 지지율은 84%에 이르 렀다. 그리고 2022년 2월 24일 우크라이나와 전쟁을 일으켰다. 수도 키 이우(Kyiv)를 미사일로 공습하고 지상군을 투입하면서 전면전에 돌입 하였다. 러시아의 우크라이나 침공 배경을 정리해보기로 한다.

첫째, 역사 논쟁이다. 러시아는 우크라이나가 범 슬라브 공동체로 서 러시아 일부라고 인식하고 있다. 그러나 우크라이나는 서부지역 을 중심으로 독립된 문화권을 형성하고 있는 별개의 국가라고 주장한 다. 두 나라의 뿌리는 고대국가 '키예프루스'로서, 키예프는 현재의 우 크라이나, 루스는 현재의 러시아로 나누어졌다. 13세기 몽골의 침입으로 키예프루스가 공중 분해되었기 때문이다. 소설가 존 스타인벡(John Steinbeck)은 우크라이나 수도 "키예프(키이우)는 모스크바보다 오래된 도시다. 정교회의 중심지이자 모든 러시아 도시의 어머니다"라고 했다. 1917년 공산정권이 들어서자 우크라이나 지역은 별도의 인민공화국을 선포하였으나 소련의 침공을 받아 실패하였다. 그 후 1991년 소련이 해체되면서 우크라이나는 독립하게 되었다.

둘째, 지정학적인 이유에서 찾을 수 있다. 우크라이나는 러시아로서는 흑해를 거쳐 지중해로 나가는 출구이다. 그리고 동토(凍土)인 러시아와 달리 우크라이나는 비옥한 곡창지대이다. 소련 당시 우크라이나는 소련의 곡물 창고였다. 오랜 세월 모두가 탐을 낸 땅과 들판이다. 그래서 제2차 세계대전 때도 치열한 격전지였다. 그리고 우크라이나의 NATO(북대서양조약기구) 가입 문제와 관련이 있다. 푸틴은 일찍부터 NATO가 팽창해서 동진하는 것을 가장 큰 안보의 위협으로 간주해왔다. 우크라이나가 회원국이 되면, NATO의 미사일이나 핵 자산이 러시아 국경까지 전개될 가능성이 있다 생각한 것이다.

마지막으로, 푸틴의 정치적 야망이다. 1990년 후반부터 권력을 장악하기 시작한 푸틴은 슬라브 민족주의와 위대한 조국 재건을 통치 이데올로기로 정하고 자신의 정치적 영향력을 키워왔다. 특히 과거 소련 연방이었던 인접 지역에 대해서는 KGB 경력이 말해주듯 각종 첩보 활동, 공작 정치, 무력행사 등을 자행하고 있다. 골칫거리였던 체첸과의 전쟁 마무리, 남오세티야전쟁, 크림반도 합병, 그리고 우크라이나와의 전쟁을 통해 그의 정치적 역량을 대내외에 과시하는 것이다.

그러나 이번 우크라이나전쟁은 민주주의 가치와 전체주의 간의 '가치전쟁'으로 확산 조짐을 보인다. 미국과 유럽의 자유민주주의 체제가 한 블록이고, 러시아, 벨라루스, 중국 및 북한이 한 축이 되는 전쟁 양상으로 전개되고 있다. 우크라이나와의 전쟁이 푸틴에게 독이 될지 약이 될지는 좀 더 두고 봐야 할 것 같다.

미국 외교 전문 잡지가 지적했다. "푸틴은 국제법을 신경 안 쓴 지 꽤 오래됐다." 평소 정치에 별 관심이 없는 러시아인들도 푸틴의 군사적 성공에는 고무되어 높은 지지도를 보이는 경향이 있다. 그래서 푸틴은 권력 유지를 위해 무슨 짓이든 할 인물이다. 큰 나무 밑에는 다른 나무가 잘 자라지 않는다. 그래서 단기적으로는 그를 대체할만한 정치인이 나타나지도 않을 것이다.

5. 미국, 워싱턴

✏ 미국에 대한 단상(斷想)

1등 국가란?

미국은 명실상부한 세계 1등 국가의 면모를 유지하고 있다. 소프트 파워, 하드파워 공히 그렇다. 미국의 힘은 경제력이나 군사력에만 있는 것이 아니라, 제도와 습속(習俗)에도 있다. 자유민주주의 체제하의 제도가 누구에게나 공정하게 기회를 제공하여 능력을 자유롭게 발휘할 수 있도록 보장하고 있고, 자본주의 시장경제는 개인과 기업에 이익 추구 동기를 부여하여 성장과 발전을 이끈다. 이러한 체제와 제도적 인프라가 생산성을 높인다. 여기서는 미국이 1등 국가가 될 수 있는 가치관, 즉 사람들의 성정(性情)과 습속을 몇 가지 살펴보기로 한다.

먼저, 미국 사람들은 자신과 타인의 인격을 존중한다. 자신의 명예와 인격을 중시하는 만큼 다른 사람들도 그렇게 대한다. 특히, 인격의 기준은 정직성에 있다고 본다. 어릴 적부터 거짓말을 큰 죄악시 한다. 클린턴 전 대통령이 성 추문으로 곤욕을 치를 때 지은 죄를 숨기려다 거짓말을 한 것이 더 큰 비난을 받은 적이 있다. 정직은 민주 시민사회 공동체에서 필요충분한 조건이고, 신용사회의 토양이다. 정직성을 바탕으로 인격을 갖춘 개인은 존경을 받고, 인권(人權)이 보장되는 나라이다. 뒤에서 언급되겠지만, 전체주의 국가에서 개인은 '전체의 일부'로서 존재적 가치가 없어 이를 기대하기는 힘들다.

미국은 법이 무서운 나라다. 과장해서 말하면, 법을 잘 지키면 자유를 만끽할 수 있는 천국 같은 곳이지만, 법을 어기면 엄한 벌을 감수해야 한다. 미국은 노인들이 창밖으로 내다보다 교통법규를 위반한 자동차가 있으면 곧바로 신고하는 나라다. 이웃 시민들의 자발적인 감시와 신고를 주지시키는 'Neighborhood Watch'라고 쓰인 팻말을 주택가에서 쉽게 볼 수 있다. 법규 준수가 일상에 늘 따라다니고 밀접하게 연결되어 있다. 법치주의에 잘 적응하면 살아남고, 그렇지 못하면 낭패 보게 된다. 해외에서 온 이민자들이 미국의 자유로운 분위기를 오해하여 법규를 어기는 유혹에 끌려 실패하는 경우가 왕왕 있다.

미국 사람들은 근검절약이 몸에 배어있다. 그리고 대체로 근면 성실하고 책임감이 강하다. 요즈음 미국 사람들은 옛날같이 교회를 많이 나가지 않는다고 한다. 그러나 그들의 삶 저변에는 청교도 정신이 깔려 있다. 막스 베버(Max Weber)의 자본주의 윤리가 깊게 정착한 나라다. 그리고 이들은 자신의 부귀영화를 중요하게 생각하지만, 공동체를 위해 헌신 봉사하는 정신이 있다. 그래서 자원봉사 활동이 보편화 되었고, 불우 이웃을 돕는 기금 모금이나 헌금 활동이 활성화되어 있다. 언뜻 보면 미국사회가 개인주의에 만연한 것 같지만, 공동체에서 보이는 개인은 그렇지 않다.

미국은 기회를 공정하게 제공하고 자유경쟁을 유도한다. 법 앞에 평등하고 능력껏 무한 경쟁을 유도하는 나라다. 이런 환경이 미국이 최고의 기술 수준과 경쟁력을 갖게 하는 원동력이다. 역사적으로 제국주의 대국들은 약소국을 무조건 경제적으로는 착취하고 무력으로 억압하면서 괴롭혔다. 그러나 미국의 경우는 선과 악을 구분하면서 공생을 추구하는 나라 같다. 미국을 제국주의로 규정한다 하더라도, 그 노선과 방법은 다르다고 생각한다.

작은 것이 아름다울 수도

미국은 세계 어느 곳보다 물질이 풍부한 나라다. 현대 경제학 이론이 가장 잘 실현되는 나라가 미국이라고 생각한다. 그리고 지구 방방곡곡에서 생산되는 물건들은 미국 시장으로 몰려온다. 그래서 미국의 소비시장은 물건들로 넘쳐 나고, 가는 곳마다 쇼핑몰이 즐비하다. 일반 소비자들도 대형 유통 마켓에서 대량으로 물건을 구매하는 것이 일상화되었다. 지금은 우리나라에도 들어와 있지만 '코스트코'(Costco)가 1980년대 중반에 이미 미국에서는 일반 소비자들이 자주 찾는 곳이었다. 이는 미국인들이 소비재와 식료품을 얼마나 많이 필요 이상으로 소비하고 있는가를 보여주는 한 단면이기도 하다. 전 세계 기아 인구가 10억 명을 넘는데도 미국에는 비만인이 날이 갈수록 많이 눈에 띈다.

에너지 소비도 미국이 으뜸이다. 대도시 고층 빌딩은 심야에도 불야성이다. 야경은 아름답겠지만, 그것이 전력 낭비로 보이는 것이 비문화적인가? 미국은 세계에서 자동차도 가장 많은 나라다. 세계 자동차의 40% 정도가 미대륙을 달리고 있다. 최근 들어 변해가고 있지만, 미국의 자동차들이 대형차가 많아 유류 소비량도 세계에서 단연 1등일 것이다. 유한한 자원을 낭비할 특권은 누구에게도 없다. 가난에 굶주리거나 에너지난을 겪고 있는 국가들이 지구에 널려있기 때문이다. 미국이 아니라 범지구적으로 시야를 넓히면 '큰 것, 많은 것'을 추구할 것이 아니라는 슈마허(Ernst F. Schumacher)의 『작은 것이 아름답다』(Small is Beautiful)에 귀 기울일 필요가 있다고 생각한다.

워싱턴 한국문화원은 대사관 가까운 곳에 있는 별도의 건물을 사용하고 있다. 전시회, 음악회, 세미나 등 문화와 학술행사가 자주 열려 접근이 비교적 자유롭다. 문화원에서 가끔 일어나는 재미나는 에피소드 하나를 소개한다. 거의 매달 한 번 정도 약 100명 안팎의 미국인들과 우리 동포들이 참석하는 학술행사나 문화행사를 개최한다. 그런 행사가 끝나면 간단한 다과와 음식을 차려 놓고 리셉션을 가진다. 메인 행사가 끝날쯤 워싱턴의 외교가를 배회하는 소위 걸인들이 나타난다. 이들은 말쑥하게 차려입고 나타나 행사 참석자들과 구분하기가 힘들다.

행사가 끝나고 리셉션이 시작되면 어디서 나타났는지 제일 먼저 음식이 차려진 테이블 앞으로 다가온다. 그리고 마지막까지 기다렸다 남은 음식을 싸가기도 한다. 다행히 숫자가 많지는 않아 행사에 크게 지장을 주지 않는다고 판단하여 출입을 제지하지 않았다. 그런데 황당한 것은 피치 못해 행사 일정이 변경되는 경우 그들은 불평을 털어놓는다. 다음 행사 때 나타나서 우리 직원들에게 행사 일정을 함부로 바꾸지 말라고 경고하기도 한다. 아마도 워싱턴 일대 모든 대사관의 행사를 참석하는 일정에 차질이 생기기 때문이었을 것이다. 경제 대국인 미국의 수도 워싱턴에서 이런 일도 일어난다.

⌘ 워싱턴 한국대사관의 외교관

뉴욕을 떠난 지 3년 만에 다시 미국의 심장부인 워싱턴으로 돌아왔다. 워싱턴은 외교관이면 누구나 한 번쯤 근무해보고 싶은 선망의 대상지이다. 외교부는 물론이고 각 부처에서 파견 나온 주재관들도 워싱턴 한국대사관은 선호하는 공관이다. 정치적인 중요한 일들이 대부분 이곳에서 일어난다. 백악관, 의회, 각 행정부 및 연구소[Think Tank]들이 이곳에 모여있다. 현지 언론으로는 〈워싱턴포스트〉(The Washington Post)와 같은 유력한 매체가 있고, 한국 특파원 중에도 세계 어느 지역보다 유능한 기자들이 나오고, 그 숫자도 많다[30명 내외].

워싱턴 한국대사관의 가장 중요한 업무는 정무 기능이다. 그래서 홍보업무도 당연히 중요하다. 미국 언론의 한국 관련 보도는 동경이나 서울 주재 특파원들이 주로 쓴다. 미국 현지 기자들은 대사 정도 되어야 취재원으로 생각하고 취재했다. 당시 한국 관련 현지 언론보도는 북한 관련 기사가 많았다. 예뻐서가 아니라 도발을 자주하기 때문이다. 한국 관련 우호적인 기사는 기대만큼 자주 보도되지 않았고, 큰 사건 사고가 있어야 보도되었다. 우리가 보는 미국과 미국이 보는 한국은, 사안에 따라 다르겠지만, 경중에서 차이가 나는 것이다. 대사관 근무 기간 중 공관장이었던 한승주 대사께서 월요 간부회의를 마칠 때쯤 해주었던 〈뉴욕타임즈〉의 사설 등 주요 기사에 대한 해설과 배경 설명이 미국의 정치 상황을 이해하는 데 도움을 줬다.

미국, 예상외 일사불란한 홍보

워싱턴에 근무하는 동안 미국 정부의 대(對)언론 활동을 가까이서 지켜보고, 현장을 방문할 수 있었던 것은 귀중한 경험이었다. 일반 사람들의 예상과 달리, 미국 정부도 매일 언론과 여론의 흐름을 놓고 줄다리기를 한다. 미국 정부의 대언론정책의 사령탑은 역시 백악관이다. 백악관에는 대통령 공보수석이 실무총책이고, 출입 기자를 위한 브리핑은 대변인이 주로 한다. 대통령의 집무실이 위치한 백악관 '웨스트 윙'(West Wing) 초입에 70명 안팎이 착석할 수 있는 브리핑룸이 있고, 그 뒤편과 지하에는 통신사, 신문사, 방송사들의 기자실이 별도로 갖추어져 있었다. 백악관에 등록된 내외신 기자는 수천 명에 이르며, 이들 중 100명 내외 기자들이 매일같이 브리핑에 참석하여 미국 국민을 비롯한 전 세계인들의 알 권리를 충족시키고 있다.

자유 언론의 메카인 미국에서도 흥미를 끄는 예외는 있었다. 백악관 브리핑룸 맨 앞줄 좋은 자리는 선임기자들의 지정석이다. 누구나 평등하고 선착순으로 앉을 것 같은데 전혀 예상 밖의 기자실 문화가 있었다. 더욱 재미있는 것은 정보 제공에 있어서도 언론사에 차별을 두는 것이 암암리에 용인되고 있었다. 중요한 정책을 발표할 때나 중요한 사건이 터졌을 때, 공보수석이 몇몇 주요 언론사 출입 기자를 먼저 불러 발표할 내용이나 사안에 대해 미리 알려준다. 이를 그곳에서는 '개글'(Gaggle)이라고 부르는데, 이를 통해 기자들의 반응을 미리 피드백으로 삼아 브리핑의 수위를 조절하기도 한다. 언론의 자유와 평등의 가치를 중요시하는 미국에서도 필요에 따라서는 이런 일이 벌어지고 있는 것이다. 백악관 외에 미국의 중요 정책 브리핑이 상시로 있는 곳이 국무부와 국방부다. 이들 기관에도 브리핑룸과 기자실을 잘 갖추어놓고 매일 활발하게 언론과 소통을 한다.

역설적이지만, 언론의 자유가 보장되어 있을수록 정부와 기관들은 여론에 신경을 많이 기울이게 되어있다. 그래서 그런지 미국 정부의 공보업무는 매일 총성 없는 전쟁터와 같았다. 백악관과 국무부와 국방부에서는 매일 주요 언론의 보도 내용을 모니터링하여 상부에 보고하고, 대책을 강구한다. 각 기관 홍보관실 공무원들은 보통 새벽 5시에 출근하여 신문과 방송 내용을 모니터링하고, 문제 있는 내용을 정리하여 장·차관 등 간부들이 출근하면 바로 볼 수 있도록 내부 인터넷망[일명 Early Bird]에 올려놓는다.

부처 간 협업도 긴밀히 이뤄지고, 문제 보도에 대한 언론 대책도 상시적으로 이뤄지고 있었다. 백악관 공보수석을 정점으로 국무부 대변인과 국방부 대변인은 매일 아침 9시를 전후하여 하루도 빠지지 않고

'컨퍼런스콜'(Conference Call) 형식으로 회의를 진행한다. 전날 보도된 신문과 방송 모니터 내용을 바탕으로 당일의 대언론 홍보 전략을 논의하는 시스템이다. 미국의 국내외 문제에 대한 언론의 관심 사항이 뭔지를 리뷰하고, 그날의 홍보 전략을 세운다. 당일의 대통령 주요 일정과 정부 발표 내용 등을 고려해 그날의 아젠다(Agenda)를 설정한다. 그리고 난 후 이를 토대로 언론 브리핑을 실시하여 여론을 끌고 나간다. 이상하리만큼 전 세계를 대상으로 하는 복잡한 미국의 정책 발표가 큰 혼선이 없는 것은 사전에 부서 간의 충분한 협의와 일사불란한 조율을 거친 후 언론 앞에 나서기 때문이다. 간혹 큰 사건이 터졌을 때 대통령의 메시지나 국무부, 국방부 장관의 멘트가 거의 같은 내용으로 언론에 보도되는 것은 이 때문이다. 사건이 터지면 부서마다 딴소리하는 우리가 배워야 할 부분이라 생각한다.

미국은 언론의 자유가 그 어떤 나라보다 공고하다 하겠다. 미국 수정헌법 제1조에 언론 출판의 자유가 명시되어 있다. 미국 건국의 아버지인 토머스 제퍼슨은 "언론 없는 정부보다 정부 없는 언론을 선택하겠다"라고 했을 정도로, 미국은 언론의 자유를 중시하는 나라다. 민주주의 국가에서 언론이 중요하지 않은 국가는 없겠지만, 특히 미국은 언론을 미국 사회를 지탱하는 중요한 한 기둥이라고 여긴다. 언론을 입법부, 사법부, 행정부에 이어 '제4부'라고 불릴 정도다. 반면, 언론의 자유가 완전하게 보장된 미국이지만, 언론의 책임 또한 엄격하게 지키는 나라이기도 하다.

'동해' 표기 오류 시정 노력

워싱턴 한국대사관 근무 중 가장 보람 있었던 일은 월간 잡지인 '내셔널지오그래픽'(National Geographic Society)의 부록지도에 '동해/일본해' 병기를 성사시킨 일이다. 내셔널지오그래픽은 매달 이슈가 되는 국가의 지도를 별도로 제작하여 부록으로 끼워 출간했다. 2003년은 한국전 정전협정 체결 50주년이 되는 해였다. 어느 날 내셔널지오그래픽 잡지사 지도 제작책임자 데이비드 밀러(David Miller)가 직원 2명과 함께 한국 지도에 대한 자문을 구하기 위해 문화원 사무실로 찾아왔다.

2003년 7월호를 정전협정 체결[1953.7.27.] 50주년 특집으로 발간하면서, 그 부록으로 한반도 지도에 한국전 당시 상황을 자세히 수록할 계획을 하고 있었던 것이다. 지도제작팀과 문화원 사무실에서 마주앉아 한반도 지도 초안의 전반적인 내용을 검토하고, 세부적인 전쟁 상황을 정확히 자문해주기 위해 대사관에 나와 있는 무관부를 통해 우리 국방부에 지도 내용을 재확인하는 절차도 거쳤다.

당시 해외홍보 업무 중의 하나가 동해의 표기를 바로 잡는 것이었다. 내셔널지오그래픽에서 발간하는 그 한반도 지도에서 동해를 제대로 표기하고 싶은 생각이 번뜩 들었다. 동해 표기를 바로잡기 위한 작업은 오래전부터 우리 정부가 전개해왔으나 그때까지 미국 정부나 민간 출판사가 제작한 지도 대부분이 동해를 '일본해'(Sea of Japan)로 표기하고 있었다.

지도는 정부가 발행하는 지도와 민간 출판사가 제작하는 지도로 크게 두 가지 종류가 있다. 미국의 지도 제작 관련 정부 기관으로는 미 연방정부 기구로서 '미국지명위원회'(United States Board on Geographic Names, BGN)가 있다. 여기에는 CIA, 국방부, 국무부, 내무부, 의회도서관 등이 구성원으로 되어있으며, 미국 국내 지도뿐만 아니라 전 세계의 지명과 바다의 명칭을 정한다. 민간의 경우 내셔널지오그래픽 등 세계적인 출판사, 또는 학교 교과서 출판사 등이 지도 제작자들이다. 그동안 우리의 오류 시정 요청을 조금이라도 들어주는 곳은 민간 출판사와 언론사 일부분이었다. 반면, 미국의 정부 기관인 BGN은 동해 표기나 독도 표기에 대해 한국 정부 요청에 대해서 상당히 완고하고 보수적인 입장을 취했다.

20세기에 접어들면서 일본의 국력이 한국을 압도하자 세계 각국이 제작한 지도는 대부분 일본해로 표기되어 있다. 국력이 말하는 냉혹한 현실이다. 이렇게 많은 지도를 한꺼번에 바꾸기란 쉽지 않다. 그래서 동해 표기 시정작업을 위한 한국 정부의 방향은 기존에 일본해로 표기된 것을 동해(East Sea)로 바꾸는 것이 최선책이긴 하지만, 차선책으로 동해와 일본해를 병기(East Sea/Sea of Japan)하는 것이 1차 목표였다. 그 이유는 지명과 바다의 명칭과 관련된 국제기구인 '국제수로기구'(International Hydrographic Organization, IHO) 또는 '유엔지명위원회'(UN Groups of Experts on Geographic Names, UNGEGN)에서 지명에 관해 '분쟁이 있는 곳의 명칭은 병기'하는 것을 원칙으로 권고하고 있었기 때문이었다.

내셔널지오그래픽 지도제작팀과 몇 번을 만나 한국 지도에 대해 자문을 하면서 한반도 지도에서 동해로 단독 표기해줄 것을 요청했다. 역시 일본을 의식해 난처한 입장을 보였지만 종전에 일본해로 표기해오던 제작 방침을 바꿔, 앞으로는 동해와 일본해를 병기해주겠다고 했다. 단, 병기하되 한반도 지도에서는 동해를 먼저 표기[East Sea/Sea of Japan]하고, 일본 지도에서는 일본해를 먼저 표기[Sea of Japan/East Sea]하는 형식으로 하겠다는 것이었다. 이것만 해도 사실상 상당한 큰 성과였다. 교육용으로 많이 사용되는 세계적인 잡지인 내셔널지오그래픽이 발간하는 한반도 지도에서 동해와 일본해가 병기되는 것은 다른 민간 출판사에 영향을 미칠 수 있기 때문이다. 그해 7월호에 발간된 한반도 지도에 동해가 일본해와 병기된 지도가 실제 발간되었다. 그 후 다른 일로 워싱턴에 있는 내셔널지오그래픽 본사를 방문한 일이 있었는데, 본사 현관 벽면에 걸려 있는 대형 세계지도에도 동해가 병기된 것을 보고 마음이 뿌듯했다.

그 후로도 동해 표기 시정을 위한 노력의 결과는 여러 군데에서 나타났다. 외국 언론이 기사 보도와 함께 게재하는 한반도 주변 지도나 민간 출판사에서 제작하는 지도 등에서 동해 단독 표기 또는 동해/일본해 병기를 하는 일련의 성과를 거두었다. 분쟁이 있는 지역 명칭을 병기하는 원칙을 일본이 독도를 자국 영토라고 주장하는 데 적용하기 시작했다. 즉, 독도를 분쟁 지역으로 만들어가고 있는 것이다. 바다의 명칭도 중요하지만, 영토의 주권이 걸린 독도 문제는 더 중요하다. 역사적·실효적으로 지배하고 있는 독도 문제에 우리 정부의 적극적인 대처가 필요해 보인다.

⌖ 양쪽에서 도전받는 미국

본토에서 '문명 충돌'

21세기 들어 미국은 크게 두 방향에서 도전을 받고 있다고 생각한다. 하나는 이슬람권의 도전이고, 다른 하나는 사회주의 체제에서 경제 대국으로 부상한 중국의 도전이다. 그 본질은 종교와 이념의 도전이다. 제2차 세계대전에서 일본의 진주만 공격 사례에서 알 수 있듯이, 미국은 자국의 영토가 공격받으면 절대로 가만히 있지 않는다. 21세기 들어 미 본토가 공격받는 일이 발생했다. 2001년 9월 11일 이슬람 근본주의자 알카에다가 미국의 경제중심지인 뉴욕의 무역센터(World Trade Center)와 워싱턴 국방부를 민간항공기를 이용하여 테러를 일으킨 것이다. 헌팅턴(Samuel Huntington)은 그의 저서 『The Clash of Civilizations and the Remaking of World Order』에서 냉전 이후의 전쟁으로 '문명의 충돌'이 일어날 가능성을 지적했다. 그 문명의 충돌이 이슬람권의 문명과 기독교의 서구 문명과의 충돌이었다. CNN 등 방송을 통해 전 세계에 생중계되었던 9·11사태는 5,000명 이상의 무고한 시민을 희생시킨, 미국의 자존심에 크게 상처를 입힌 사변이었다.

미국은 지정학적으로 안전하다고 판단해왔다. 그러나 민간항공기를 이용하여 미국의 안방까지 공격할 줄은 생각지 못했을 것이다. 한 순간 전선(戰線)이 허물어지고 전장(戰場)이 코앞이었다. 그 후 기존 방위전략을 전면 재검토해야만 했다. 당시 미국은 보수 공화당의 조지 부시(George W. Bush)가 대통령이었다. 선과 악, 아군과 적군에 대한 구분이 분명한 부시 대통령이 이 엄청난 국치의 사건을 그냥 넘어갈 리 만무했다. 그는 이에 대한 보복으로 2001년 10월 7일 아프가니스탄 공격을 시작으로 '악의 축'(Axis of Evil)의 거점인 중동을 전쟁의 도가니로 몰아넣었다. 이 전쟁은 2021년까지 계속되어 미국이 개입한 전쟁 중 가장 오래 끈 전쟁이기도 했다.

전쟁에도 명분이 필요하다. 아프가니스탄 공격은 9·11사태 배후 조정자인 오사마 빈라덴을 추격한 전쟁이었고, 이라크 침공은 후세인의 대량살상무기(WMD)를 찾기 위해서였다. 오사마 빈라덴은 도피를 계속하다 결국 2011년 5월 1일 파키스탄 은신처에서 미군 특수부대에 의해 살해되었다. 그러나 이라크의 경우 대량살상무기가 나오지 않자, 부시 행정부는 이라크의 인권과 자유를 전쟁의 명분으로 돌렸다. 그러던 중 이라크 교도소에서 벌어진 미군들의 학대 행위가 담긴 몇 장의 사진들이 공개되면서 이라크인들은 물론 미국인들에게도 여론이 좋지 않게 돌아갔다. 미국 언론들은 일제히 당시 국방장관 럼스펠드의 사임을 촉구하기도 했다. 그러나 부시 대통령은 체니 부통령과 함께 국방부를 방문하여 럼스펠드를 '용감하고 일 잘하는 국방장관'으로 치켜세우고, 해임할 의사가 없다는 기자회견까지 했다.

과유불급(過猶不及)이라고 할까. 부시 대통령의 '악의 축'을 괴멸하겠다는 의지에도 불구하고, 이라크 침공에 따른 수치스러운 장면들이 언론을 통해 연일 보도되자 미국 국민 중에는 지난날 월남전의 기억을 되살리는 이들도 있었다. 미국이 유일하게 패전으로 인정하는 월남전의 악몽이 되살아난 것이다. 언론들은 처참했던 월남전 당시의 사진들을 교차 보도하면서 압박을 가했다. 월남전 당시 체포된 베트콩이 처형당하기 직전에 겨냥하는 권총에 찌푸린 얼굴 모습과 포화에 놀란 어린 여자아이가 벌거벗은 채 울면서 앞으로 달려오는 모습을 담은 사진이었다. 이라크 교도소에서 찍은 포로 학대 사진과 월남전 당시 사진을 비교함으로써 이라크전쟁이 월남전의 재판(再版)이 될 수도 있다는 이미지를 만들어갔다. 이러한 언론과 여론의 압박에도 부시 정부는 전쟁을 지속하였으나, 끝이 보이지 않는 중동전쟁으로 인한 피로감은 결국 민주당으로 정권이 넘어가는 원인이 되었다.

예전 같지 않은 미국

9·11사태는 아프가니스탄과 이라크에서의 전쟁뿐만 아니라, 미국 국내 안보를 강화하는 조치들이 취해졌다. 대표적으로 국토안보부(Department of Homeland Security)가 신설되고, 그 후 미국의 공항, 항만, 육로 할 것 없이 외국인들의 입국이 불편해졌다. 외국인의 지문 채취도 이때 생겨났다. 2006년 미국 서부의 한 공항에서 겪은 일을 통해 미국 출입국관리 요원의 과잉 대응을 느낄 수 있었다.

미국에서 대통령행사 지원을 마치고 출국하기 위해 공항 개찰구에 동양인으로 보이는 10여 명의 그룹 뒤에 줄을 서게 되었다. 잠시 후 공항 직원이 다가와 그 줄에 서 있던 사람들을 모두 가장자리 벽 쪽으로 이동시키는 것이었다. 필자도 함께 거기로 갈 수밖에 없었다. 그곳에는 별도의 라인이 설치되어 있었고, 통상적인 검측 장비와 절차가 달랐다. 탑승 시간에 쫓겨 마음은 초조했다. 나중에 알게 된 사실은 보안을 강화하고자 공항에 새로 도입한 검사 장비를 테스트하기 위해 동양인들을 선택한 것이었다.

그 동양인들은 중국의 지방에서 온 단체 여행객이었다. 이들은 모두 영어를 구사하지 못해 사정도 모른 채, 한쪽 구석에서 다른 여행자들보다 훨씬 복잡한 과정을 거치면서도 항의 한 번 못하고 검사대를 통과해야 했다. 다른 공항 검색대에서 경험하지 못했던 키오스크 같은 검측 장비를 통과하는 등 복잡한 과정을 거쳤다. 검사를 진행하는 공항 안전 요원들의 태도는 가관이었고, 무례하기 짝이 없었다. 히스패닉계로 보이는 보안 요원들은 중국 관광객들에게 영어를 못한다고 핀잔을 주기도 하고, 필자 노트북을 검사하면서 사용할 줄은 아느냐고 빈정거리기도 했다.

검사 시간이 길어졌어도 비행시간에 겨우 맞추긴 했지만, 이전에 경험하지 못한 공안 검색에서 받은 불쾌감이 미국을 다시 생각하게 만드는 계기가 되었다. 공항에서 안전을 위해 취해지는 어떠한 조치들도 이해해야 하지만, 과도한 검색과정은 결국 외국인들의 불만을 쌓이게 만들어 부메랑으로 돌아올지도 모를 일이다. 9·11사태는 미국 본토의 안전을 위해 많은 변화를 가져왔고, 9·11사태 이전의 미국과 그 이후 미국은 완전히 달라졌다.

체제경쟁의 '신냉전'

최근의 미·중 갈등이 신냉전의 핵심이라 할 수 있다. 그 요체는 자유민주주의 체제와 전체주의 체제 간의 갈등이다. 오늘에 이르기까지 양국 관계의 변화 과정을 살펴볼 필요가 있겠다. 1972년 2월 21일 닉슨 미국 대통령과 마오쩌둥(毛澤東)은 1년 이상을 비밀리에 추진해온 양국 간 수교를 성사시켰다. '상하이공동성명'(Shanghai Communique)으로 발표된 수교 내용 중 중요한 것은 2가지다. 첫째, 미·중 양국은 아시아-태평양 지역에서 패권(Hegemony)을 추구하지 않으며, 다른 어떤 나라도 이 지역에서의 패권 추구를 반대한다. 둘째, 대만 문제는 양안(兩岸)의 중국인들이 하나의 중국, 즉 대만이 중국 일부라는 사실을 견지하는 데 미국이 인식하는 것, 그리고 대만 주둔 미군을 점차 철수하게 하여 종국에는 모든 미군과 군사시설을 철수하는 것이었다. '하나의 중국 원칙'(One China Policy)이 세워졌고, 대만 문제가 중국의 '핵심이익'(Core Interest)이라는 사실을 분명하게 했다. 1949년 공산주의 중국이 수립된 후 20년 이상 미국과의 적대관계를 청산하고, 소련을 견제하면서 국제질서의 새로운 세력균형이 형성된 것이다.

그러나 우호적인 미·중 관계는 중국이 급속히 성장과 발전을 거듭하면서 균열이 가기 시작했다. 여기에는 오늘의 중국이 있게 만든 공산당 2세대 지도자인 덩샤오핑(鄧小平)의 업적을 간과할 수 없다. 그는 이념의 틀을 깨고 사상해방과 실사구시(實事求是)를 추구했다. 인민들에게 동기부여를 하면서 생산성을 끌어올렸다. 중국이 자강(自强)으로는 미국이 세계질서를 재편해나가는 데 대응하기에 한계를 느끼고, 글로벌 경제 흐름에 맞춰나갈 정책들을 과감하게 추진했다.

1980년 IMF와 World Bank에 가입하여 세계 경제 질서에 뛰어들자 외국자본이 유입되기 시작했다. 농업 분야는 집단생산을 포기하고 가족 중심의 책임경작을 통해 몇 년 만에[1978-1984] 농민들의 소득 수준이 2배로 늘어났다. 1980년대 국내총생산은 연 9%대의 성장률을 보였다. 그러나 주목해야 할 것은 덩샤오핑의 경제적 자유와 국가의 재건이 서구의 다원주의적 민주주의로의 접근을 의미하지 않았다는 사실이다. 오히려 그는 사회주의 민주주의는 서구의 다원주의와는 많이 다르고, 중국에서의 서구 정치원리는 혼란을 양산하여 발전을 좌절시킬 것으로 확신하고 있었다. 정치개혁은 뒤로 미루고 경제개혁을 먼저 추진하는 전략을 견지했던 것이다. 여기서 '중국 특색 사회주의'(Socialism with Chinese Characteristic)가 자리 잡아가기 시작했다.

1991년 소련 붕괴 이후 중국과 미국 공동의 적이 사라지자 지도자의 가치관과 세계관에 변화가 일어나기 시작했다. 미국은 역대 대통령들이 중국의 인권과 체제에 대해 변화를 계속 촉구하지만, 중국의 지도자들은 미국이 예상한 서구 자유민주주의가 뿌리를 내리는 데는 관심이 없었다. 클린턴 행정부는 중국이 경제력 향상과 정치적 자유화를 통해 공산주의에서 민주주의로 전환하는 '평화로운 진화'(Peaceful Evolution)를 촉구했다. 이에 대한 중국의 반응은 "어떠한 외부의 압력에도 굴복하지 않을 것이며, 이는 중국의 철학"이라는 장쩌민(江澤民) 주석의 말에 잘 나타나 있다. 중국의 어떠한 지도자도 냉전 종식이 곧 미국의 초강대국의 시대를 의미하는 것으로 받아들이지 않았다. 1991년 첸치첸(錢其琛) 외교부장은 새로운 세계질서는 단극체제(Unipolar)로 가지 않을 것이며, 오히려 중국이 다극체제(Multipolar)로 노력해나갈 것이라고 경고했다. 이는 미국에 대한 도전을 의미했다.

미국과 중국은 모두 대국이라 어느 한쪽이 지배적 위치에 있을 수 없고, 너무나 독특해서 체제 전환도 힘들고, 서로가 필요해서 고립시킬 수도 없다는 논리가 부상했다. 그 이후 양국 간의 갈등은 일정 부분 애매모호(Ambivalent)한 태도로 일관해왔다. 그러나 트럼프 행정부 이후 무역 불균형을 이유로 갈등이 표면화되기 시작했다. 중국이 경제력을 바탕으로 강대국으로 부상하면서 '힘에 의한 현상타파'를 시도하려는 움직임이 나타나기 시작했다. 이는 결국 미국과의 패권 다툼의 일전으로 나타날 가능성마저 있다. 특히, 중국의 시진핑(習近平) 주석의 중앙집권체제 강화와 '일대일로'(一帶一路) 대외정책 추진으로 상황은 더욱 악화되기에 이르렀다.

미·중 수교 과정에 주역이었던 키신저(Henry Kissinger) 전 국무부장관은 그의 저서 『Henry Kissinger on China』에서 장차 있을 미·중 갈등을 예견하고 다음과 같은 처방을 내놓았다. 첫째, 미국이 중국을 봉쇄하거나 이념적 대결을 위해 민주주의 국가들로 블록(Bloc)을 형성한다 해도 이 국가들이 중국과의 필수 불가결한 교역 대상국이기 때문에 성공하지 못할 것이다. 둘째, 중국 역시 아시아에서 경제와 안보 문제로부터 미국을 제외하려 하면 이들 나라로부터의 저항에 직면할 것이다. 이들 나라는 이 지역에서 한 국가가 유일한 지배세력이 되는 것을 우려하기 때문이다. 끝으로, 중국과 미국은 너무 대국이어서 어느 한쪽이 다른 쪽의 지배를 받을 수 없다. 냉전 시대의 승리의 개념은 적용되지 못할 뿐만 아니라, 양국 관계는 '제로섬 게임'(Zero-sum Game)이 되어서 안 된다는 것이다. 상당히 설득력이 있다고 생각한다. 그러나 최근 미·중 양국의 긴장 관계를 지켜보면, 그의 제안이 받아들여질지 의문이다.

ⓒ 망각하지 말아야 할 것

해방 이후 남북이 분단되고, 대한민국을 건국하면서 자유민주주의를 채택한 것은 대단한 국운(國運)이었다. 결정적인 요인은 당시에 이미 국제정치의 석학으로서 세계정세를 간파하고 미래를 예측한 이승만 대통령의 예지가 있었기 때문이다. 그는 제국주의와 전체주의에 저항하면서 한편으로는 공산주의 세력의 확장에 대처할 것을 주장했다. 6·25전쟁이 휴전협정으로 종전될 조짐을 보이자, 그는 다시는 한반도에서 공산주의자들이 발을 붙일 수 없도록 북진통일을 주장하기도 하였고, 그것이 여의치 아니하자 미국이 한반도 안보를 보장할 안전장치를 강력히 요구하였다. 그 결과가 1953년 10월 1일 체결된 '한미상호방위조약'(Mutual Defense Treaty between the ROK and the USA)이다. 그 후 한국의 눈부신 발전과 세계 10위권 선진국으로의 도약은 한미상호방위조약의 굳건한 안보 토대 위에서 가능했다.

미국은 우리의 혈맹이다. 6·25전쟁으로 미군 약 37,000명이 사망하고, 약 10만 명이 부상을 입었다. 전쟁 이후에도 미국은 한국의 전후 복구사업과 경제발전 과정에 많은 도움을 줬다. 미국의 이러한 지속적인 지원은 대한민국이 자유민주주의 이념을 채택했기 때문이다. 그런 한국에서 국내 정치적인 이유로 한미동맹을 재평가하고, 더욱이 공산주의 북한을 유화정책으로 포용해나가겠다는 순진한 생각을 하는 정권이 등장하기도 했다.

김대중 정부의 소위 '햇볕정책'(Sunshine Policy)은 혈맹으로 여겨왔던 미국으로서는 당혹스럽고 실망했다고 본다. 김대중 전 대통령이 취임 후 첫 미국 방문 시 부시 대통령은 우리 정부의 대북정책에 대해 상당히 불편한 심기를 드러냈었다. 부시 대통령이 김대중 대통령에게 '이 사람'(This Man)이라고 한 것은 이러한 심기를 반영한 것으로 이해한다. 그 후 소위 진보정권의 집권 기간에도 미국 조야에서는 한국 정부의 대북정책에 불만이 있었던 것으로 알려져 있다.

미국에는 한국전 참전 미군이 아직도 상당수 생존해 있다. 이들이 대한민국의 자유를 지켜냈다. 그리고 귀국 후에도 한국에 대한 애정이 각별하고, 실제로 음으로 양으로 한국의 번영과 발전을 위해 뒤에서 많은 도움을 주는 전우들이다. 이들은 미국 전역에서 우리 동포들과 깊은 유대감을 갖고, 서로 교류하면서 노병의 여생을 보내고 있다. 과거 진보정권은 이들에 대한 관심과 관리가 소홀했었다고 생각한다.

워싱턴에서 근무하면서 안타깝게 생각했던 것은 그간 실시해오던 참전 용사들의 한국 방문사업이 축소되거나 민간단체 주도로 전환한 것이었다. 대한민국을 지켜낸 참전용사들에 대한 적절한 예우는 아니라고 생각했다. 대부분 90대의 고령이라 국내 초청사업이 힘들면 현지에서 적절한 행사를 개최하는 것도 가능하다. 돌아가신 분들은 그 후손들에 대한 예우로 이어가야 할 것이다. 우리나라 정권에 따라 혈맹을 소홀히 대하는 일은 없었으면 한다.

6. 브라질, 브라질리아

⊘ 지구 반대편 나라

남미 절반의 비옥한 땅

브라질의 영토는 한반도의 약 40배나 되고, 남미대륙 전체의 47%나 되는 대국이다. 인구는 남미 전체 인구의 절반인 약 2억1,000만 명에 이른다. 국토의 크기는 세계 5위, 인구는 세계 7위의 대국이다. 브라질은 다인종 국가다. 인구 구성은 '물라토'(Mulato)가 47%로 제일 많고, 백인은 44%, 흑인 8%, 나머지는 아시아인들과 원주민들이다. 물라토는 포르투갈계 백인 남자와 아프리카 흑인 여성 사이에 태어난 혼혈을 말한다. 브라질의 남부지역은 온대성 기후로 살기에 적합하여 유럽이민 후손들인 독일계, 네덜란드계, 이탈리아계, 포르투갈계가 주로 살고 있고, 북동부지역에는 포르투갈 식민지 시대 들어온 아프리카계 후손들이 많이 살고 있다.

브라질은 산림을 비롯하여 철광석, 천연가스, 석유 등 천연자원 부국이다. 그중 브라질 남동부 연안에 매장된 막대한 천연가스[약 200억 배럴]와 사탕수수에서 뽑아내는 에탄올[알코올]은 브라질의 전략자산이라할 수 있다. 브라질은 넓은 국토 대부분이 경작이 가능한 비옥한 토질을 가졌다. 러시아와 캐나다는 대국이지만 국토의 상당 부분이 습지와 동토로 되어있어 경작이 가능한 농경지는 넓지 않다. 그러나 브라질은 산악지형이 거의 없는 평지로 되어있어 농업과 축산업에 적격이다.

브라질은 과일 천국이다. 연중 뜨거운 태양이 과일 농사에 적합하다. 바나나, 파파야, 수박, 망고, 코코넛 등이 어딜 가나 널려있고, 과일 생산량 세계 1위다. 가로수로 심어놓은 망고나무에 망고가 주렁주렁 달려 있다. 길바닥에 노란 망고가 여기저기 떨어져 있어도 주워 먹는 사람이 없다. 시내에서 조금만 벗어나면 주말마다 과일 시장이 열린다. 우리가 보지 못했던 열대과일까지 펼쳐놓아, 보는 것만으로도 눈이 즐겁다. 브라질의 농산물 도매시장인 '농산물유통센터'(CEASA)를 우리나라가 벤치마킹하기도 했다. 또한, 쇠고기 생산량이 가장 많은 나라답게 구운 쇠고기를 부위별로 마음껏 골라 먹는 '슈라스코'(Churrasco)라는 식당도 있다.

커피 생산량 또한 세계 1위다. 재배 품종은 아라비카(Arabica), 로부스타(Robusta)가 주종이다. 1727년 프랑스 식민지였던 가이아나(Guiana)를 통해 커피가 들어왔으나 본격적인 재배는 포르투갈로부터 독립한 이후[1822년]부터로 알려져 있다. 수출뿐만 아니라 국내 커피 소비량도 많다. 브라질 사람들은 커피를 에스프레소로 마신다. 어딜 가나 에스프레소 커피머신이 눈에 띈다. 빵의 원조 국가인 포르투갈의 영향을 받은 브라질은 '빵지 께이주'(Pão de Queijo)라는 작은 치즈 빵을 커피와 즐겨 먹는다. 이런 천혜의 자연을 가진 브라질에 그간 우리가 크게 관심을 두지 않은 이유는 지리적 조건 때문이다. 지구 반대편 먼 남미대륙에다, 대서양 쪽으로만 해상교통이 열려있고 태평양 연안으로 는 통로가 없다. 그래서 브라질은 생소했고, 처음 도착하여 받은 느낌 은 딴 세상에 온 것 같았다.

브라질의 수도 브라질리아(Brasilia)는 행정도시로 주변 지역까 지 합쳐 인구 약 300만 명 정도 거주하는 도시다. 1960년대 국토를 균 형 발전시킬 목적으로 당시 수도였던 남쪽 해안 도시 리우데자네이루 (Rio de Janeiro)에서 내륙으로 이전한 계획도시이다. 그래서 브라질리 아는 대통령, 국회의원, 정치인, 공무원, 외교관들이 주로 활동하고 거 주하는 도시다. 브라질리아가 수도가 되면 점차 도시다운 다양한 면모 를 갖추어나갈 것으로 예상했으나, 기대와는 달리 복합적인 기능을 두 루 갖춘 도시로서 발전하지 못했다고 한다. 지금은 세계문화유산에 등 록되어 있어 더 이상의 개발도 불가능한 상태다. 우리도 세종시를 행 정도시로 계획할 때 많이 연구했던 도시 중 하나로 알려져 있다. 그러 나 계획도시로서 성공한 사례가 되지 못해 벤치마킹하지 않았던 것으 로 알고 있다.

대륙 속의 섬과 같은 브라질리아에 대사관이 소재하다 보니 주재국 국민을 대상으로 한국을 알리는 데는 한계가 있었다. 그래서 공관장[최 종화 대사]과 홍보관이 수시로 다른 도시지역에 있는 대학들을 순회하면 서 한국 경제 발전상과 한국 문화를 알리는 행사를 진행했다. 소위 '찾 아가는 공공외교'(Out-reach Public Diplomacy Program)를 펼쳤다. 그 리고 브라질리아 인근의 대학생들을 수시로 대사관으로 초청하여 강의와 리셉션을 가졌다. 브라질 대학생들이 가장 관심을 가지는 분야는 역시 한국의 경제 발전이었다. 학생들은 진지했고, 행사 성과도 있었다. 브라질에서 길게 근무했더라면 브라질 전국을 돌며 활동했을 텐데, 그 점이 아쉬움으로 남는다.

더딘 정치발전

이러한 천혜의 자연조건을 갖춘 대국이 잘살지 못한다는 것이 이상했다. 거기서는 이런 우스갯소리가 있다. "하나님이 지구를 만들어놓고 보니 브라질이 너무 살기 좋은 곳이 되었기에 사람들은 조금 모자라도록 만들어놓았다." 브라질의 정치 발전을 잠깐 살펴보겠다. 19세기 말 노예제도가 폐지되었으나 20세기 초반까지 정치적 의미를 부여할 '브라질 국민'이라는 공동체가 형성되지 못했다. 세계 2차 대전 이후 브라질도 군부독재 기간을 거치면서 정치 발전을 기대할 수 없었다. 그러다 근대국가로 면모를 갖추기 시작한 시기는 카르도주(Fernando H. Cardoso) 제34대 대통령 취임 이후부터라 볼 수 있다. 1995년부터 2002년간 재임 기간 그는 공기업 민영화, 긴축 재정, 무역 자유화 등 대대적인 경제개혁을 단행하고, 정치적 민주화 등 브라질 근대화의 기초를 다졌다는 평가를 받는다[2001년 1월 브라질 대통령으로서 최초로 한국 방문].

카르도주를 이은 제35대 대통령으로 룰라(Luiz Inacio Lula da Silva)가 취임하면서 국내적으로는 경제개혁에 박차를 가하고, 대외적으로는 남미지역 통합에 주력해 브라질의 위상이 세계적으로 부상하게 됐다. 이 시기에 브라질이 다국적 동맹인 브릭스(BRICs)의 일원이 되기도 했다. 룰라 대통령은 가난한 시골 출신으로 어릴 때부터 금속 공장 노동자로 일했다. 1978년에 브라질 철강노조위원장을 맡았고, 1980년에는 노동자당 창당에 주도적 역할을 하기도 했다. 연방하원의원을 거쳐 2003년 대통령에 당선되어 2010년까지 대통령을 역임했다. 그리고 2023년 다시 대통령(39대)에 당선되었다. 그의 출신 배경에서도 짐작되듯이 그의 정치 이념은 중도좌파적 사회민주주의의로 분류된다[자본주의 체제에서 과격한 개혁 지향].

2003년 룰라 1기 정부는 사회개혁에 강한 드라이버를 걸었다. 대표적으로 국민 전체의 3분의 1이 기아(飢餓)선상에 놓여있어, 룰라 정부는 굶주리는 사람은 없어야 한다는 '포미제루'(Fome Zero) 빈민지원 정책을 적극적으로 추진하기도 했다. 또한, 브라질 국가 발전에 큰 장애 요인으로 작용하는 과도한 연금제도[GDP의 약 10%] 개혁을 시도했다. 그러나 기대만큼 큰 성과를 내지 못했던 것은 브라질 사회가 '구조화된 사회계층'으로 인해 공감대 형성이 쉽지 않았고, 기득권층의 양보가 미미했기 때문이다. 소득이 높을수록 연금이 많아지는 구조로, 최대 수혜자는 국회의원과 고위 관료들이기 때문에 개혁이 어려웠다.

룰라 대통령 1기 임기 중 브라질의 고질적인 문제인 사회 불평등과 빈곤 퇴치를 위해 노력한 성과도 있었다. 그러나 말기에 노동자당(PT) 주요 인사들이 연루된 대형 스캔들로 인해 결국 그의 후계자인 호쎄프(Dilma Vana Rousseff) 여성 대통령에게 권력을 넘겨주어야 했다. 노동자당인 호쎄프 대통령의 통치 기간에도 부정부패와 사회적 불평등이 심해져서 2016년 탄핵을 당했다. 후임으로 남미의 트럼프라고 불리는 극우성향 군인 출신 정치인 보우소나루(Jair M. Bolsonaro)가 대통령이 되었으나, 그도 크게 성공하지 못했다. 그러자 정권은 다시 사민주의 룰라 제39대 대통령[2023.1~]으로 넘어가게 되었다.

복잡다단한 브라질 사회를 반영하듯 입법부도 복잡하다. 30개 이상의 정당이 의회 정치에 참여하고 있다. 2018년 선거 결과 브라질 의회 의석 분포를 보면 상원(총 81석)은 21개 정당이 의석을 분할하고, 하원(총 513석)은 30개 정당이 난립하고 있다. 법안 처리에 있어 많은 시간이 소요되고 합종연횡이 수시로 일어나 효율적인 입법부가 될 수 없다. 브라질이 처한 정치, 경제, 사회적 환경은 상당한 개혁이 요구되는 상황이라 진보 성향의 정권이 맞을지 모른다. 그러나 정치 발전은 지도자 한 사람으로 되는 것이 아님을 브라질 정치사가 말해준다.

블루오션 사탕수수

사탕수수가 인류에 공헌하는 바가 매우 큰 식물임을 브라질 가서 알게 됐다. 사탕수수로부터 생산되는 제품은 예상외로 다양하다. 우리에게 가장 많이 알려진 것은 설탕과 알코올 성분의 에탄올(Ethanol)이다. 그 외 현지인들에게는 없어서는 안 될 식품인 주스, 술, 과자 등등이 사탕수수를 원료로 해서 만든 제품들이다. 또 동물사료인 라이신과 종이 원료인 펄프를 생산하고, 남은 찌꺼기는 발전용 땔감으로 활용된다. 버릴 것이 하나도 없는 식물이다.

브라질은 세계 최대의 사탕수수 생산국이면서, 최대 수출국이다. 사탕수수 생산량의 48%를 설탕으로 제조하고, 나머지 52%로는 에탄올을 생산한다. 설탕 수출 물량은 브라질이 세계 1위다. 브라질에서 사탕수수가 본격적으로 재배된 것은 1532년경 포르투갈 사람들에 의해서다. 브라질 남부 해안지방인 지금의 상파울루 인근 지역에서 재배하기 시작하여 점차 브라질 북동쪽으로 경작지가 확대되면서 마침내 최대의 사탕수수 생산국이 되었다.

그동안 몰랐던 사실은 브라질이 1920년대에 이미 세계 최초로 사탕수수에서 알코올을 추출하여 자동차 연료로 사용하기 시작했다는 것이다. 1970년대 두 차례에 걸친 유류 파동을 겪으면서 본격적인 개발에 박차를 가해왔다. 2003년에는 휘발유와 알코올을 임의로 혼합해도 문제가 없는 신기술인 '연료 가변형'[Duel-Fuel 또는 Flex-Fuel]이 개발되면서 사탕수수에서 추출한 알코올이 대체 에너지로서 각광받기 시작했다. 소비자들이 고유가 시대에 휘발유 값의 약 60% 수준인 알코올을 자동차 연료로 선호하는 것은 당연하다. 그리고 공해를 줄이는 장점도 있다. 한때는 휘발유와 알코올 혼용이 가능한 자동차가 신차의 약 75%를 차지할 정도에 이르기도 했다. 브라질은 사탕수수 생산 능력 및 기술력을 바탕으로 석유 에너지 헤게모니(Hegemony)에 도전하고 있지만, 최근 전기차의 등장으로 새로운 국면을 맞게 되었다.

남미공동체 지지부진

　남미국가들의 공동체 건설에 주도적인 국가는 대국인 브라질이다. 남미에는 경제공동체로서 '메르코수르'(Mercosur)가 있다. 1985년 브라질과 아르헨티나 간의 경제협력체로 시작한 메르코수르는 1991년에 우루과이와 파라과이가 추가되어 회원국이 4개국이 된 남미공동시장이다. 그러다 2006년 6월 베네수엘라가 추가 회원국으로 가입하면서 현재 정회원국은 5개국이다. 그리고 볼리비아, 칠레, 콜롬비아, 에콰도르, 페루가 준회원국으로 되어있다.

　메르코수르는 남미시장을 하나로 묶어, 대외적으로는 미국과 EU 등 세계 거대 경제권과의 협상력과 균형을 유지하고, 내적으로는 회원국 간의 관세동맹과 자유무역을 활성화하기 위해 조직된 공동체. 그러나 중남미 좌파 이념의 대부인 쿠바의 카스트로를 멘토로 받들고 있는 베네수엘라가 오일달러의 힘을 바탕으로 브라질에 도전하고 있는 형세다. 좌파 이념이 남미의 블록(Bloc) 형성을 힘들게 만들고 있다.

　브라질이 BRICs 국가 중에서 가장 낮은 성장률을 기록한 것은 브라질의 경제정책이 남미시장에 머물러 있기 때문이라는 자체 분석이 있다. 그래서 브라질 경제계에서는 남미지역을 벗어나 주요 경제권과 개별 자유무역협정(FTA)을 체결하기를 종용하고 있다. 그러나 룰라 대통령은 남미공동시장을 기반으로 경제발전과 경제협력을 도모하는 정책 노선을 우선시하고 있다. 오히려 볼리비아, 쿠바, 멕시코까지 회원국을 넓혀, 외연을 확대해서 남미공동시장을 기반으로 '미주자유무역기구'(ALCA)를 추진하는 등 신흥개도국과의 결속을 다지고 있다.

남미공동시장이 활성화되지 못하는 데는 몇 가지 이유가 있다고 본다. 첫째, 주도권 싸움에 있다. 브라질을 제치고 지역 맹주가 되기 위한 행보를 이어오고 있는 베네수엘라가 있다. 남미에서 대표적인 반미(反美) 좌파인 차베스(Hugo Chavez) 대통령 때 베네수엘라가 남미공동시장의 회원국이 되었고, 그 자격으로서의 영향력이 새로운 변수로 등장하게 되었다. 거기다 2012년 6월 멕시코, 페루, 칠레, 콜롬비아 등 4개국이 주축이 되어 '태평양동맹'(Pacific Alliance)을 출범시키면서 중남미 경제 주도권 다툼이 확대되고 있다.

둘째, 자원민족주의 현상이다. 대표적인 사례가 2006년 5월 볼리비아 모랄레스(Evo Morales) 대통령의 '자원국유화조치' 선언이다. 좌파정권인 볼리비아는 모든 에너지 관련 외국 기업이 기업 활동을 전격 중단하고 본국으로 철수하거나, 그렇지 않으면 볼리비아 정부의 지시에 전면 따르도록 했다. 셋째, 역내(域內) 두 번째로 큰 규모의 아르헨티나 경제가 위기를 벗어나지 못하는 상황이 직간접적으로 회원국들과의 경제 교류에 영향을 미치고 있다. 끝으로, 회원국 간의 경제 발전 차이로 심한 무역 불균형, 그로 인한 무역 마찰과 환율 제도의 급격한 변화를 들 수 있겠다.

결론적으로, 남미공동체의 상징인 메르코수르가 출범한 지 40년이 가까워지고 있는데도 불구하고, 제대로 기능을 발휘하지 못하고 표류하고 있다. 자유무역의 장점인 '비교우의'의 공산품 생산이 거의 없고, 농산품에 주로 의존할 수밖에 없는 산업 구조적 문제점도 원인이다. 또한, 같은 남미국가이지만 과거 식민지 지배를 다르게 받은 브라질과 여타의 남미국가 간의 문화와 생활 차이에서 오는 갈등, 이로 인한 계속되는 주도권 싸움이 원인일 수도 있다. 그러나 무엇보다 근본적인 이유는, 공동선인 남미공동체보다도 각 국가의 자국 문제에 매몰되어 있는 것 아닌가 싶다.

✒ 삼바 문화와 축구

앙증맞은 문화, 낙관적인 삶

브라질 사람들의 체격은 큰 편에 속한다. 그러나 생활양식이나 문화는 아기자기한 데가 있다. 브라질은 포르투갈, 이탈리아, 독일, 레바논 이민자가 대부분이다. 이들 유럽 국가들의 문화유산 때문인지 모든 것이 조그마하고 귀여운 데가 있다. 에스프레소, 빵지 께이주 등등. 일반적으로 국토가 크고 이동 거리가 멀면 자동차도 클 필요가 있다. 그러나 브라질 가서 처음 놀란 것은 거리에 다니는 자동차들이 대부분 소형차들이다. 폭스바겐 골프(GOLF), 혼다 시빅(CIVIC), 토요타의 코롤라(COROLLA)가 주종이었다. 브라질 사람들의 체격을 봐도 전혀 적합하지 않아 보였다. 나중에 알게 된 사실은 브라질의 도로망이 자동차로 장거리 여행할 정도로 잘 정비되어 있지 못했고, 안전하지도 않았다.

아파트도 크지 않다. 우리 기준으로 30평 정도가 대부분이다. 특이한 것은 개인 주거지에 아직도 전근대적인 잔재가 남아있었다. 브라질은 집안일을 도와주는 사람을 많이 고용한다. 그래서 그들을 위한 공간이 주택뿐만 아니라 아파트에도 문간에 따로 마련되어 있고, 출입구가 별도로 있었다. 브라질 사회가 구조화된 계급사회라는 것을 단적으로 보여주는 현상이다.

브라질은 남미에서 유일하게 포르투갈어를 사용하는 국가다. 그러나 사람들의 습속(習俗)은 남미의 다른 나라와 거의 비슷하다. 매사에 느리고 심각하지가 않다. 무슨 일이든 약속한 시간 내에 정확히 되는 경우가 많지 않다. 그러니 계속해서 독촉하거나, 아니면 포기하고 무작정 기다리는 수밖에 없다. 관공서의 행정 처리도 그랬다. 처리를 약속한 날짜에 가보면 제대로 되어있지 않았다. 담당자가 바뀌어있거나, 서류를 다시 준비해오라고 한 적도 있다. 심지어 고위직이나 국회의원들도 주말이면 고향이나 지역구에 내려갔다가 월요일에 제때 사무실로 복귀하는 경우가 별로 없다고 한다.

브라질 사람들은 어디선가 음악 소리만 들리면 몸을 흔든다. 조상 중 아프리카인들이 많아서일까. 매년 2월이면 리우데자네이루, 상파울루에서는 대규모 삼바 축제가 열린다. 브라질을 대표하는 축제는 '리우

카니발'(Carnaval do Rio de Janeiro)이다. 일본의 삿포로 눈 축제, 독일의 옥토버페스트와 함께 세계 3대 축제의 하나이다. 이 기간은 작은 도시들에서도 소규모 삼바 축제가 열려, 나라 전체가 삼바 춤으로 들썩인다.

삼바 학원이 도처에 있고, 축제 참가 준비를 1년 내내 한다. 축제에서 빼놓을 수 없는 것이 브라질 여자들의 정열적인 삼바 춤이다. 브라질 사람들은 브라질 여인이 미인일 수밖에 없는 이유를 이렇게 설명한다. '얼굴은 포르투갈의 미모, 몸매는 아프리카 흑인의 엉덩이, 피부는 원주민 인디오의 초콜릿 피부'를 물려받았다는 것이다. 3가지 구성 요소가 다르게 조합을 이룰 경우 어떤 여인으로 태어날지 궁금증을 불러일으킨다. 하여튼 브라질 미인들이 등장하는 삼바 축제는 브라질의 대표 문화로 자리 잡았고, 전 세계에서 관광객들을 불러들인다.

광적인 축구 사랑

브라질은 축구에 살고 축구에 죽는 나라다. 브라질 선수들이 축구를 잘하는 이유에는 삼바 문화가 자리하고 있다. 한국 여자 골프의 강점을 한국인들의 젓가락 문화에서 찾듯이, 브라질 축구가 세계 최고인 이유는 삼바 문화에서 유래한 '징가'(Ginga) 몸놀림에서 찾을 수 있다. 우리 젓가락 문화에서 정교함이 나온다면, 징가에서는 유연함이 나온다. 이는 몸을 전후좌우로 자유자재로 율동적으로 움직이는 동작이다. 브라질 축구선수들의 예측할 수 없는 발재간이 여기서 나온다. 징가는 아프리카 삼바에서 유래했고, 삼바는 식민지 시대에 아프리카에서 유입된 브라질의 대중문화다. 그 문화가 축구에 녹아있다.

이러한 유전적인 요인에 더하여 브라질 축구가 세계 최고의 경지에 오른 것은 '축구클럽'이 한몫했다. 과거 군사정권 때는 국민통합을 위한 정치적 도구로 이용한 측면도 있지만, 1970년대부터 축구클럽 선수권대회를 하면서 전국적으로 클럽들이 우후죽순 격으로 생겨났다. 브라질이 세계 최강 축구의 나라인데 야외 운동장에서 축구를 하는 모습을 쉽게 볼 수 없는 것은 더운 날씨 때문이기도 하지만, 운동을 주로 클럽에서 하기 때문이다.

브라질 축구연맹에 등록되어, 연중 경기 성적에 따라 랭킹이 정해지는 클럽만 전국에 약 360여 개나 된다고 한다. 이들 중 상위 10위까지는 거의 상파울루, 리우데자네이루에 소속을 두고 있고, 나머지는 전국 26개 주에 분산되어 있다. 대표적인 클럽이 '플라멩고클럽'이다. 가장 오랜 전통을 자랑하고, 여러 번 브라질 챔피언이 되었다. 브라질 사람들의 15% 이상이 플라멩고클럽의 팬이라고 할 정도다.

1980년대 들어서면서 축구클럽이 서서히 위기를 맞게 된다. 축구에 대한 국가통제, 비합리적인 경기계획, 축구협회 집행부의 장기 집권, 경기장 안팎의 폭력 등으로 축구클럽이 정상적인 경영이 어렵게 되었다. 그러자 1990년대부터 축구선수들이 대거 해외로 이적하는 현상이 일어나기 시작했다. 우수한 선수들이 해외로 유출되면 국내 축구

경기의 질이 떨어지고, 그러면 국내 관중이 줄어들어 클럽의 적자를 가져온다. 클럽의 경영이 악화되면 최고의 선수들을 더 많이 해외로 이적시키는 악순환이 일어난다[선수 이적으로 인한 수입이 클럽 수입의 20% 수준]. 이젠 유럽 리그 등 브라질 선수가 뛰지 않는 축구팀이 없을 정도로 많은 선수가 수출되었다.

브라질 축구클럽의 경영악화에는 TV 축구 중계에도 원인이 있다. 브라질 모든 TV 네트워크들이 국내 챔피언십뿐만 아니라 잉글랜드, 프랑스, 스페인, 독일 등 유럽 주요 경기를 사람들이 시청하기 가장 좋은 시간대에 중계하기 때문에 축구장을 찾아 관람하는 사람들이 현저히 줄어들게 되었다. 브라질 사람들의 일상은 축구에서 시작하여 축구에서 끝난다 해도 과언이 아니다. TV에서는 항상 축구 경기를 방영한다. 어느 곳에서나 "고~~올(Goal)" 하고 외치는 소리가 들린다. 그 함성이 30초 이상 길게 이어져야 중계 잘한다는 말을 듣는다고 한다.

역대 월드컵에서 5번 우승을 한 나라가 브라질이다. 브라질 사람들은 4년마다 찾아오는 월드컵을 다른 어떤 나라보다 더 간절하게 기다린다. 대회 기간 중 대형 브라질 국기가 도처에서 펄럭이고, 모든 상가에는 만국기가 걸린다. 어릴 적 초등학교 운동회 하는 날을 연상케 한다. 자동차들은 브라질 국기를 꽂고 도로를 질주하니, 노란색과 초록색의 물결이 인다. 월드컵이 열리는 6월은 온 나라가 축제 분위기이고, 나라 전체가 사실상 휴업이나 다름없다.

관공서, 학교, 은행, 기업, 거리의 상점들이 모두 정상적인 업무를 하지 않는다. 브라질팀의 경기가 있는 날은 직원들의 결근을 허락하거나, 근무 시간 중에 시청을 허락한다. 연방정부도 브라질 경기가 있는 날은 공무원이 반나절 근무하고, 공립학교는 아예 휴교한다. 대형 상점은 브라질 경기 30분 전에 문을 닫고 경기 종료 30분 후에 다시 문을 열고, 은행도 경기 시간을 피해 근무 시간을 조정한다. 보통 브라질은 예선 경기만으로 끝나지 않는다. 그래서 한 달 이상을 축구와 시간을 보낸다.

축구가 생활인 거대 브라질 내수시장에서 휴대 전화, 냉장고, 에어컨, LCD 등 가전제품 시장을 완전히 장악하고 있는 LG, 삼성전자가 브라질 최고의 축구팀을 후원하고 있었다. 삼성전자가 브라질 리그에서 우승한 명문 축구팀 꼬린치안스(Corinthians)를 후원하고, LG전자도 이에 뒤지지 않는 축구팀인 상파울루(Sao Paulo)팀을 후원하고 있었다. 브라질 국민스포츠인 축구, 그것도 최강팀을 한국 기업이 후원하고 있는 것도 또한 경쟁력이다.

⏱ 빈곤의 악순환

공교육 부실

천연자원이 아무리 풍부해도 이를 활용하여 국가발전으로 연계할

인적자원(Human Resources)이 부족하면 별 의미가 없다는 사실을 브라질에서 알 수 있었다. 인적자원을 키워나가는 것은 교육이다. 과학기술에 대한 교육은 경제발전을 가져오고, 인성 교육은 살기 좋은 공동체를 만든다. 최근 EDI(Education Development Index)에 기반한 UN 조사보고서에 의하면 브라질의 교육 수준은 세계 129개국 중 76위다. 잠비아, 남아프리카 국가들보다 낮은 수준이다.

고등학교까지 의무교육을 실시하고 있으나, 전반적으로 공교육이 매우 부실하다. 시립, 주립, 연방학교 등 국공립학교의 고등학교 학생들은 오전 수업만 한다. 그래서 일부 부유층 자제들은 아예 사립학교나 국제학교에 다니거나, 아니면 방과 후 학원을 간다. 일반 서민들이 엄두도 못 내는 이런 곳에서 서구식 엘리트 교육을 받고 자란 이들이 브라질을 이끌어가는 소수의 지배계층이 되는 것은 자연스러운 과정이다. 낮은 교육 수준으로 문맹자는 약 2,000만 명[인구의 10%]으로 남미에서도 하위에 속한다. 이런 환경에서 서민들이 교육을 통해 신분 상승하거나, 빈곤의 악순환을 끊는 것은 원천적으로 불가능하다.

브라질은 헌법상 매년 GDP의 약 6%를 의무적으로 공교육에 배정하게 되어있다. 이는 OECD 국가의 평균 5.5%보다 높은 수준이다. 그럼에도 교육 수준이 낮은 이유는 첫째, 교직원들의 급여가 상대적으로 낮다. 2018년 OECD 보고서에 따르면 브라질 교사 1인당 연간 최저임금은 13,971달러로 남미에서도 최하위권에 속한다. 그러니 우수한 인력이 교사를 직업으로 선택할 리 없고, 설사 교사가 되더라도 직업의

식을 갖고 학생들을 지도하기 어려운 상황이다. 초등학교 교사의 경우 20%가 학사학위가 없다. 브라질 북부지역의 학교들은 교원의 40%가 1주일에 한 번 이상 결근하는 것으로 알려져 있다. 둘째, 학교 내에서 교사의 위상이다. 브라질 학생들은 스승에 대한 존경심도 없고, 교사의 권위도 인정하지 않는다. 과거 식민지 시대와 군사 독재정권 시대의 유산인 피해의식과 저항감이 교육 현장에서 사제간의 도의(道義) 실종으로 나타나는 것이다. 마지막으로, 아직도 브라질 공립학교의 인프라 및 교육 장비 부족 현상이 심각하다[학습용 컴퓨터 등 기자재].

최근 통계에 의하면 고등학교를 수료한 학생 중 17%만 대학에 진학한다. 80% 이상의 대학 진학률을 보이는 우리와 비교하는 것은 무리지만, 칠레 같은 주변국보다 낮다. 브릭스(BRICs) 국가로 분류될 정도로 거대 자원 보유국의 인재 부족 현상은 국가가 해결해야 할 가장 기본적인 문제이다. 브라질 당국도 국가 경쟁력과 경제 발전에 관한 연구에서 항상 교육의 문제점이 논의되고 있다고 한다. 결론은 현재의 브라질 교육으로는 불가능하다는 것이다.

반대로, 천연자원이 부족한데도 선진국 대열에 들어선 한국의 눈부신 발전이 한국의 교육에 있다는 사실에 그들도 주목하고 있다. 한국의 발전상을 잘 알고 있었던 당시 브라질리아 문화부장관 보리오(Pedro Borio)는 필자와 만나는 자리에서 브라질이 한국으로부터 꼭 배워야 할 것 중의 하나가 교육이라고 언급한 바 있었다. 사실, 브라질에서는 어디에서 누구를 만나든 한국 교육에 대한 관심과 칭찬을 과분할 정도로 듣게 된다. 2009년 6월 6일 자 〈이코노미스트〉(The Economist)는 "1970년대까지 한국은 경제 수준이 브라질과 비슷했지만, 우수한 교육 제도를 도입하여 현재 1인당 국민소득이 브라질의 4배로 뛰었다"라고 보도한 바 있다['Brazil's poor schools: still a lot to learn']. 그 후 브라질 언론도 한국인들의 교육열과 한국의 우수한 교육 제도를 특집으로 보도했다.

대규모 조직범죄

브라질은 국민의 2%가 국부(國富) 50%를 차지할 정도로 빈부 격차가 심하다. 최근 들어 이러한 현상이 심화되고 있다고 한다. 일부 브라질 학계에서는 이러한 현상을 국내시장의 개방 확대에 따른 '신자유주의 물결'(Neo-liberal Wave) 때문이라고 지적하기도 한다. 브라질 중산층의 비율은 1970년에서 1980년대 경제개발이 한창일 때 최고조에 달했다. 1980년대에 31.7%에 이르던 중산층이 2000년대에는 27.1%로 떨어졌다[브라질 국립지리통계원 자료]. 시장 개방이 원인이라는 주장이 일면 타당성이 있어 보인다. 브라질 정부의 노력에도 불구하고 중산층이 지속적으로 줄어들어 양극화 문제가 심각해지고 있다. 브릭스(BRICs)의 한 국가로 브라질을 지목한 골드만삭스 2004년 보고서에 의하면, 브라질은 2050년에 중국, 미국, 인도와 함께 세계 4위의 경제 규모를 차지할 것으로 예측된다. 더 두고 봐야 하겠지만, 빈부 격차를 방치하고서는 힘들지 않을까 하는 생각이 든다.

브라질의 빈부 격차는 경제적인 요인 외에도 역사적, 사회적 배경이 있다. 브라질은 16세기 국가의 틀이 잡히면서부터 신분과 인종적 양극화가 구조적으로 형성되어 왔다. 1500년대 브라질 대륙이 발견된 이후 염료의 일종인 파우 브라질(Pau Brasil)과 사탕수수 재배, 금광의 채굴을 위해 포르투갈의 식민지로 개척되면서 농노와 노예 계층이 형성되었다. 이때부터 신분에 따른 빈부 양극화 현상이 나타나기 시작했다. 그리고 백인, 흑인, 인디오 등 인종 간에도 경제·사회적 차등이 구조화되었다. 더욱이 거대한 국토에 인프라 부족이 유동성 제약을 가져와 지역 간 불균형을 초래했다. 기후 조건이 좋은 남부 해안지역은 산업화되어 백인 중심의 부유한 지역으로 빨리 발전했으나 중북부 내륙지방은 혼혈족과 원주민들의 농업지역으로 발전이 늦게 진행되었다.

그런가 하면, 상파울루, 리우데자네이루 등 대도시에는 빈민촌 '파벨라'(Favela)가 있다. 대도시 산동네에 자리하고 있는 판잣집 빈민촌이다. 여기는 공권력이 미치지 못하는 치외법권 영역으로, 범죄와 마약의 소굴이다. 도심 극빈자와 소외된 사회계층의 삶의 터전이다. 여기 거주 빈민들이 시내로 내려와 행인이나 관광객들을 대상으로 절도, 폭행 등 불법행위를 저지른다. 죽기 전에 꼭 봐야 할 영화로 알려진 〈신의 도시〉(City of God)에서 빈민가의 어린애들이 권총을 소지하고 다니면서 아무런 죄의식 없이 살인하는 장면은 이런 곳을 배경으로 한 것이다.

또, 브라질에서 절도나 약탈 행위의 특징은 조직적이고 대규모라는 점이다. 버스 1대를 통째로 납치하거나, 아파트 한 동(棟)을 점거하고 집마다 돌아가며 다 털 정도로 범행이 대담하다. 이런 대규모 조직범죄가 가능한 원인 중 하나는 경찰이 제 역할을 못 하는 데 있다고 한다. 경찰에 대한 예우가 열악하다 보니, 경찰이 사설 경비요원을 겸하고 있는 경우가 많다. 경찰의 공사(公私) 구분이 흐려지고, 치안유지 의식이 희박해질 수밖에 없다.

조직범죄가 브라질을 무법천지로 만들 때가 가끔 있었다. 2006년 5월 상파울루 일대가 그랬다. 브라질 최대 조직범죄단체 '제1도시군사령부'(PCC)가 상파울루 인근 지역에 수감 중이던 동료들을 상파울루에서 멀리 떨어진 곳으로 이감시킨 데 앙심을 품고 기관총과 수류탄으로 경찰서, 술집 등을 무차별 공격하여 상파울루 인근 지역을 무정부 상태로 몰아넣었다. 경찰 당국은 PCC가 경찰서 191곳을 공격하고, 73개 교도소에서 폭동을 일으켜 132명이 사망하고 49명이 부상했다고 발표했다. 당시 브라질 언론보도에 따르면 결국 정부 당국과 주범인 PCC 두목[Marcola] 간에 모종의 협상이 오간 후에 사태가 종결되었다고 했다. 브라질 조직범죄집단의 힘은 거의 국가 공권력과 맞설 정도다.

브라질이 자원 부국임에도 불구하고 선진국이 못 되는 이유는 정치에도 문제가 있다고 생각한다. 군부독재 정권 시절 다국적 기업들의 경제지배, 소수 지주의 토지 독점으로 인해 대부분 노동자와 농민이 가난에 시달리는 고질적인 문제로 고착되어왔다. 이러한 브라질의 구조적인 문제 상황을 극복하기 위해서는 과감한 개혁이 필요하다고 본다. 그래서 개혁적인 룰라 대통령이 재선되었는지 모르겠다. "신은 브라질 사람"이라고 룰라 대통령이 자주 표현하듯이 신의 가호(加護)가 있기를 기대해본다.

파이팅 코리안!

한국의 브라질 최초 이민은 1963년 2월 12일로 되어있다. 초기에는 농업이민이 목적이었으나, 농촌에 제대로 적응하지 못하고 1970년대 초반부터 대부분 이민자가 대도시로 모여들었다. 브라질 최대 도시 상파울루(Sao Paulo)가 대표적이다. 이들이 오늘의 코리아타운 '봉헤찌로'(Bom Retiro)를 일구었다. 여기에서 잠시 우리와 일본의 이민을 비교해볼 필요가 있겠다. 일본 사람들도 브라질로 농업이민을 많이 갔다. 이들은 원래의 이민 목적대로 농업에 종사하면서 정착했는데 그 농토가 일본의 본토보다 크다고도 한다. 브라질에서 근무하는 동안 농산물 시장에 가서 보면 심심찮게 직접 재배한 과일이나 채소를 들고나와 팔고 있는 일본인 농민들을 만나게 된다. 잠시 많은 생각을 하게 했다.

상파울루 도심으로 온 한국 이민자들은 처음에는 가져간 옷가지나 잡화를 팔기 시작했다. 그러다 재고가 바닥나고 운송 거리도 있고 해서 차츰 현지에서 옷을 만들기 시작했다고 한다. 당시 이민자 중에는 의류 기술자들도 있어 의류제품을 만들고, 또 품질을 향상시키는 데 도움을 준 것이다. 현지에서 생산한 이들 의류를 '제품'(製品)이라고 불렀다고 한다. 의류 생산 및 유통의 중심지가 된 봉헤찌로는 원래 유대인들이 의류 사업을 하고 있던 곳이었다. 유대인들을 몰아낼 정도로 경쟁력을 키워온 한인 이민자들이 대견스럽기까지 했다.

우리 동포의 약 80%가 종사하는 한인 의류 사업은 브라질 내에서는 중저가 의류의 절반 이상을 공급하고, 브라질뿐만 아니라 남미의 다른 나라에까지 시장을 확대해나가고 있다. 의류제품의 고급화를 위해 이민 2, 3세들이 이탈리아 등 유럽의 패션 학교로 유학을 다녀와서 가업을 이어가기도 한다. 앞으로 이들이 남미 패션계를 선도해갈 것이다. 최근 중국의 저가 의류 상품이 위협 요인이기는 하나, 상품의 고급화와 'K-pop'의 영향이 순풍(順風)으로 작용하면 난국을 충분히 극복해나갈 것으로 본다.

7. 중국, 북경

⏱ 가까우면서 먼 나라

이념의 만리장성

중국은 우리와 지리적으로 가깝고 역사와 문화가 겹치는 부분이 많은 인접 국가다. 그러나 1949년 공산주의 중국이 되면서 교류가 단절되었다. 양국 관계의 긴 역사에서 불편한 적은 있었으나 이처럼 완전히 단절되다시피 한 기간은 없었고, 1950년 6·25전쟁에서는 중공군이 북한군을 지원한 적군이었다. 정치 이념이 달랐기 때문이다. 그러다 양국이 서로의 필요에 의해 1992년 8월 24일 수교하면서 다시 교류가 재개되었다.

그 후 단절된 43년의 세월이 무색할 정도로 양국 관계가 빠르게 진전된 데는 경제적 요인이 컸다. 한국은 값싼 노동력이 풍부한 중국이 매력적이었고, 중국은 한국의 선진 기술을 원했다. 결과적으로, 양국은 경제적 측면에서는 많은 결실을 거두었다. 특히, 우리의 IMF 외환 위기 상황을 조기에 극복한 요인에는 대중 수출이 상당히 기여했다고 한다. 그럼에도 불구하고, 아직 우리와 중국은 가까이하기에는 먼 나라다. 프랑스 자유주의자 아롱(Raymond Aron)이 지적했듯이 "이념이 다르면 친구 되기 어렵다"는 주장이 적용되는 것인가?

중국이 우리에게 중요하게 부상하는 시기에 중국 홍보관으로 일할 기회가 주어진 것은 의미가 컸다. 이전에도 그러했듯이 역마살이 다시 도져 브라질 근무 1년 만에 옮기게 된 것이다. 이동이 결정되자 북경대사관에서 가능하면 빨리 부임하라는 연락이 왔다. 2007년 2월 머나먼 남미 브라질에서 약 24시간 날아와 인천공항에서 곧바로 북경행 비행기로 갈아타고 중국에 들어갔다. 해외에서 해외로 이동할 경우, 서울에 들러 하루 이틀 개인 일을 정리하고 다시 출국하는 것이 관례였으나 그러질 못했다. 한시도 긴장을 풀지 않는 당시 김하중 대사의 업무 스타일 때문에 필자도 긴장했었던 것 같다.

북경 도착의 첫인상은 대기 상태가 말해줬다. 도착한 2월의 북경은 세계 어디에서도 경험해보지 못한 뿌연 하늘이었고 고약한 연탄가스 냄새로 가득 찼다. 1주일에 며칠은 앞을 내다볼 수 없을 정도로 스모그와 황사가 심했다. 이런 곳에서 사람들이 어떻게 살아갈까 할 정도였다. 대사관 가까이에 있는 호텔 '찡청따샤'(京城大廈)를 임시 숙소로 정했다. 첫 주말을 맞아 밖으로 나가기가 불안해서 숙소에 머물렀다[그 당시 중국에서 장기매매 괴담이 돌기도 했다]. 호텔 방에서 창문 커튼을 걷는 순간 눈을 의심케 했다. 30층 창밖의 시계(視界)는 바로 옆 건물이 전혀 보이지 않을 정도였고, 지상의 도로나 주택들도 보이지 않았다. 마치 구름 속에 떠 있는 것 같았다. 설상가상인 것은 침대 시트 위에나 마룻바닥이 온통 흰색 가루로 덮여 있었다. 겨우내 틀어놓는 가습기에서 나온 석회 가루가 마치 눈이 온 것 같이 온 방을 뿌옇게 덮고 있었다.

당시 한국대사관은 휴일이 없었다. 홍보관은 어디서나 항상 발품을 많이 팔면서 바쁜 일과를 보내기는 하지만, 중국의 경우는 업무의 중압감이 더 큰 곳이었다. 중국은 탈북자 문제 등 북한과 관련된 문제들이 수시로 터지는 곳이었다. 우리 공관과 정부는 정치적으로 민감한 문제들이라 잠시도 긴장의 끈을 늦출 수 없었다. 한국 특파원들도[30명 내외] 항상 긴장하고 취재에 임했다. 이러한 특수한 업무 환경이 공관장까지도 주말과 공휴일 없이 사무실을 나와 근무 태세를 유지하게 했다. 그러니 공관 직원들도 늘 긴장하고 있었다. 중국 근무 3년은 이러한 날들의 연속이었다.

중국과 중국인

중국은 종심(縱深)이 깊다고 류우익 전 대사가 말한 적이 있다. 3,000년 이상의 중국의 문명에 대한 인문지리학자의 평가가 인상적이었다. 중국은 문화가 다른 14개국과 국경을 맞대고 있고, 56개의 다민족으로 구성되어 있다. 한마디로 넓고, 깊고, 복잡하다. 그래서 중국이란 나라와 그 민족성을 정의하기란 어떤 나라보다 어렵다.

고대로부터 공자의 유교 사상과 노자의 도교 사상이 중국인들의 정신세계를 지배하고 있다. 중국 현대문학의 거장 원이둬(聞一多)는 이렇게 말했다고 한다. "중국인의 마음에는 유가와 도가가 함께 있다." 상황에 따라 공자의 예절과 격식을 따지다가, 상황이 변하면 노자의 실리를 추구하기도 한다고 설명한다[유광종, 『중국을 답하다』]. 근대로 접어들어

20세기 초중반에는 공산주의 사상이 득세하여 전통 사상을 모두 폐기 처분하는 듯하더니, 또 어느 날 갑자기 먹고살기 위해서는 자본주의를 받아들이기도 했다. 중국의 변화무쌍함은 변검(变脸)을 떠올리게 한다.

중국과 우리는 같은 유교문화권으로 전 세계 어느 민족보다 문화적 갈등이 적은 편이라 할 수 있다. 그리고 사람들의 외양도 구분하기 어렵다. 그러나 사고나 행동은 우리와 다른 점이 많다. 그래서 중국인들의 별난 심성과 그 원인을 살펴보기로 한다. 중국 사람들은 중국이 세계의 중심이라고 여긴다. 즉, 중국이 곧 '천하'(天下)다. 세계 4대 문명의 발상지로서 근대 이전까지는 그럴 수도 있었다. 그러나 지금도 그런 사고를 하고 있다. 하늘 아래 모든 것은 중국이고, 아니면 중국화를 해야 한다는 사고다. 외국인의 이름이나 물건 이름을 반드시 한자 표기로 바꾸는 것은 하나의 예이다. 좋게 보면 주체성이지만, 나쁘게 보면 중국 이외의 것은 인정하지 않는 그들의 우월주의다.

중국인들은 계략에 익숙하다. 그들의 위대한 발명품이 마작과 바둑이다. 이 놀이문화를 통해 자신들의 정신을 양생(養生)한다. 일상에서는 대인관계에 묘략으로 나타난다. 공원 어디에서나 바둑과 장기를 두는 노인들을 많이 볼 수 있다. 중국인들이 평소에는 느릿느릿해 보이지만 머릿속은 빠르게 돌아가고 있다. 거래할 때도 절대 서두르지 않고 천천히 협상을 즐긴다. 그리고 사고가 유연하다. '상선약수'(上善若水), 즉 만사를 물이 흐르듯 순리대로 처신하는 것에 익숙해져 있다.

엄격한 공산주의 이념에서 덩샤오핑의 '사상해방'도 이런 관점에서 보면 이해가 간다.

중국인들은 체면(面子)을 중시하고, 고집은 염소 수준이다. 일화를 하나 소개해본다. 북경대사관 근무 시절 주말에도 사무실을 나갔다. 어느 날 대사관 담장 밖 외길에서 차가 꽉 막혀 못 가길래 차에서 내려 봤더니 서로 반대 방향에서 온 차들이 마주 보며 대치하고 있었다. 한참 기다려도 언제 끝날지 모르겠고, 화도 나고 해서 시동을 끄고 차에서 내려 대사관으로 들어가 볼일을 봤다. 한참을 지나서 나와보니 차량은 더 많아져 수십 대가 양쪽에 줄지어 서 있었고, 운전자들이 모두 내려 마주한 차 주변에 몰려있었다.

한쪽은 택시 운전자, 다른 한쪽에는 자가용 BMW를 운전한 젊은 이가 대치하고 있었다. 서로 자기가 먼저 진입했으니 길을 비켜달라는 주장을 하고 있었다. 이를 지켜보던 중국인들이 이들의 주장을 듣고 한참 중재하더니 젊은 자가용 운전자가 드디어 인도로 자기 차를 몰고 올라가 길을 만들었다. 그러자 뒤에 있던 차들도 길을 비켜 상황은 끝났다. 누가 먼저 외길에 진입했는지 판단하는 것은 중요치 않았다. 그러나 군중들이 나서 나이 많은 택시 운전자에게는 체면을 살려주고, 젊은이에게는 양보하는 미덕의 기회를 주는 것으로 상황은 종결되었다.

또, 중국인들은 '공정'(工程)을 좋아한다. 자연을 변형시키고, 역사와 현상까지 바꾸는 시도를 한다. 산을 옮길 생각을 하는 '우공이산'(愚公移山)과 거대한 만리장성 축성을 보면 알 수 있다. 벼랑 끝에 아슬아슬하게 매달려있는 현공사(懸空寺)와 같은 건축물을 봐도 그렇다. 뒤에서 자세히 언급하겠지만, 역사적 사실을 바꾸려는 시도는 '동북공정'에서 나타났고, 현상을 바꾸려는 시도는 '대장금' 인기도 여론조사와 '항주 아시안게임' 축구 경기에서 중국 응원이 많이 표출된 사례 등으로 볼 수 있다. 인터넷 시대 중국의 여론조작 공정들이다.

중국인들의 이러한 심리는 중국 서커스를 관람하면서 일정 부분 이해되었다. 중국인들만 서커스를 하는 것은 아니지만, 유난히 중국 서커스는 인간이 도저히 해낼 수 없는 한계상황에 도전한다. 좁은 통 속에 많은 사람을 구겨 넣는다든가, 한 사람이 접시 수십 개를 한꺼번에 돌리는 모습에서 그런 느낌이 들었다. 중국에는 유년기 시절부터 서커스를 훈련 시키는 유명 서커스 전문학교가 전국적으로 많이 있다. 어린 나이에 전인교육을 무시하고 서커스 훈련에만 전념하는 것은 인권 유린으로 비판받을 소지가 다분히 있다. 중국의 서커스 묘기에서 '불가능은 없다'는 그들의 의식 세계를 읽을 수 있었다.

그 외 일상에서 마주치는 이해하기 힘든 중국인들의 행태를 소개해본다. 자동차 운전은 준법정신과 시민의식을 측정하는 한 척도이다. 운전하는 중국인들은 차선을 잘 지키지 않는다. 또 신호등을 기다리다 파란 불로 바뀌면 직진하는 차보다 좌회전하는 차가 먼저 휙 돌아서 간다. 그 뒤에 다른 차들이 꼬리를 물고 좌회전하는 바람에 직진 차량이 기다려야 하는 상황이 자주 발생한다. 그런데 이러한 운전 행태에 대해 누구 하나 불평하는 사람이 없고, 사고도 별로 나지 않는다. 인내심이 많아서인지, 아니면 동류의식 때문인지 알 수가 없다. 하여튼 자동차 운전문화는 없어 보였다.

우리 언론에서도 가끔 보도되듯이 중국인들은 별로 죄의식 없이 가짜 물건을 만들어 시중에 공공연히 내다 판다. 인체에 유해한 식료품도 가짜를 만들어 유통하는 경우가 비일비재하다. 가짜 달걀까지 만들어 유통하는가 하면, 가짜 생수를 만드는 '검은 생수 공장'이 적발되기도 했다. 이런 가짜를 양산하는 데는 '가짜문화'[山寨文化]가 자리하고 있다. 인구가 워낙 많으니 가짜라도 많이 생산하여 공급하는 것이 부족한 것보다는 낫다는 의식이다. 북경 중심가에는 가짜를 만들어 판매하는 대형 상점 '씨오수웨이지에'(秀水街)도 버젓이 있다. 소위 짝퉁 시장이다. 북경올림픽 기간 중 중국을 방문한 부시(George H. W. Bush) 전 대통령이 가족과 함께 여기를 방문한 적이 있을 정도로 명소다. 한때 중국의 많은 젊은 여성들이 루이뷔통 가방을 메고 다니기도 했다.

중국 상인들은 물건을 사고파는 과정에서 흥정을 많이 한다. 백화점 같은 곳은 안 되지만 보통 가게들은 물건값을 깎아서 사야 제값을 주는 것이다. 손님에게 먼저 얼마 줄 거냐고 묻기도 한다. 사람을 봐가며 흥정 게임을 한다. 특히, 외국인이다 싶으면 약 10배의 높은 가격을 부른다. 경험이 있는 사람들은 거기서부터 흥정하기 시작한다. 반값으로 내려가다가 다시 부른 값의 20% 정도면 주겠다고 하면, 밑지는 장사 흉내를 내면서 고개를 절레절레 흔든다. 그러면 안 사겠다고 돌아서서 나오면, 그제야 거의 10% 값으로 가져가라고 한다. 시장경제의 원리인 '보이지 않는 손'에 의한 가격 결정 시스템이 아직 작동하지 않는 영역이 많이 남아있는 것이다.

중국 인식의 온도 차

중국을 보는 우리의 시각은 세대별, 직업별, 이념별로 다르다고 본다. 그래서 중국을 규정하기는 힘들다. 먼저, 세대별로 보면, 70~80대 이상의 고령 세대는 한자(漢字) 세대로서 중국의 전통문화와 역사를 접할 기회가 많아 친근감이 있겠지만, 한편으로는 국공내전(國共內戰)을 거쳐 공산화와 그 후 중공군(中共軍)의 한국전 참전 등, 이념이 다른 적성국으로 인식하는 세대일 것이다.

50~60대는 1970년대 이후 중국이 공산주의 체제에서도 시장경제를 도입하고 개혁개방을 하면서 급속히 발전해온 중국을 접한 세대들이다. 특히, 많은 한국 기업들이 중국에 진출하여 재미를 본 세대들이라 긍정적으로 평가하면서도, 낙후되고 후진적인 중국과 중국인들의 행태를 현장에서 직접 경험한 세대들이다. 그래서 중국이 경제적으로는 기회의 땅이었지만, 모든 면에서 비문명적인 이미지를 가질 수 있는 세대다.

끝으로, 인터넷 세대라고 할 수 있는 20~40대는 중국이 이미 경제

대국으로 성장한 모습만 보고 자란 세대들이다. 중국 상하이, 선전 등 중국 연안 도시들의 발전상과 북경올림픽, 상해 엑스포 등 세계무대에 우뚝 선 중국을 보면서 자랐다. 중국이 과연 공산주의 국가인가 할 정도로 혼란을 느낄 세대다. 경제적으로나 군사적으로 미국과 맞설 정도의 대국[G2] 모습에서 위협적인 존재로 인식할 수도 있다.

직업별로도 인식의 차이가 있을 수 있다. 예컨대 역사를 연구하는 학자들은 중국에 대해 일반인보다 부정적일 수 있다고 본다. 그러나 앞에서도 언급했듯이 중국과 경제활동을 하는 경제인들은 중국에 대한 이미지가 그렇게 부정적이지만은 않을 것으로 판단된다. 마지막으로, 정치 이념적 요소를 적용하면 말할 필요도 없이 분명해진다. 자유민주주의 체제를 지지하는 사람들은 가까이할 수 없는 나라로 간주할 것이지만, 진보적 성향의 사람들은 우호적이고 친중적인 인식을 가질 것으로 본다.

그럼, 현실적으로 중국을 어떻게 보아야 할 것인가? 중국이 개혁개방을 하기 시작한 1970년대 후반부터 덩샤오핑이 박정희 대통령의 경제개발 모델을 참고했을 정도로 한국은 그들의 경제 성장과 발전의 모델이었고, 2000년대 초까지 지속되었다. 중국에서 만나는 인사들은 가끔 "오늘의 한국이 내일의 중국이다"라고 했다. 그러나 지금은 상황이 완전히 달라졌다. 중국이 아직은 첨단기술 분야에서 우리보다 뒤처진 분야가 있겠지만, 전반적으로 우리와 대등한 수준으로 올라왔거나, 일부는 우리를 추월한 분야도 있다.

오늘의 중국은 얼마 전의 중국이 아니다. 외형적인 것만으로 판단할 일은 아니지만, 중국은 대도시는 말할 것도 없고 중소도시 어딜 가나 50~60층의 고층빌딩이 즐비하다. 부동산 거품이 문제로 나타나기 시작하고 있지만, 거대한 중국의 도시들이 재건축 중이고, 그들을 연결하는 철도와 도로망이 잘되어있다. 이미 중국에는 서울의 크기를 능가하는 대도시가 10여 개는 되는 게 아닌가 하는 생각을 한 적이 있다. 중국을 무시하거나 우습게 볼 시기는 지났다. 미국과 힘을 겨루는 나라로 컸다.

북경올림픽은 대국굴기의 모멘텀

2008년 8월 8일 오후 8시에 개막한 북경올림픽은 중국인들 100년의 꿈이 실현되는 순간이었다. 중국 지도부는 북경올림픽이 1949년 신중국 건설 이후 사회주의 체제의 우월성과 중국의 저력을 보여줄 절호의 기회로 생각하고 국력을 총결집했다. 그래서 올림픽 개막식에 세계 각국 원수들을 대거 초청했다. 우리나라의 이명박 대통령과 미국의 부시 대통령을 비롯하여 세계 정상들이 가장 많이 참석한 올림픽이었다.

과욕이 진풍경을 연출하기도 했다. 개막식 하루 전날 인민대회당에서 환영 만찬이 있었다. 여기에 참석한 외국 원수 부부들을 일렬로 줄을 세워 만찬 호스트인 후진타오(胡錦濤) 국가 주석과 일일이 악수하게 했다. 길게 줄지어 서서 차례를 기다리는 각국 국가원수들의 모습은 과거 중국 황제가 주변 국가들의 사신을 맞이하는 모습과 흡사하게 연출되었다. 그리고 이를 TV로 생중계하여 중국 인민과 세계인들이 보도록 만들었다. 외교적으로 결례를 범하더라도 중화민족의 자긍심을 인민들에게 심어주려는 의도가 분명해보였다.

여기서 끝나지 않았다. 올림픽 개막식은 다음날 북경시 외곽에 있는 주경기장 '냐오차오'(鳥巢)에서 열렸다. 북경의 8월 찜통더위 속에 개막식에 참석한 일반 관람객들은 안전을 이유로 3시간 전부터 입장해서 기다려야 했다. 그리고 초청된 외국 국가 원수들도 구역만 지정되어 있었지, 일반관람석과 똑같은 의자에 앉아서 기다렸다. TV로 생중계된 화면에 국가 원수들이 연신 부채로 얼굴을 식히고 땀을 닦는 모습이 방영되었다.

이런 상황에서 중국의 주석을 위시한 중국 지도자들은 개막식 직전에 나타나 맨 앞 열에 별도로 마련된 테이블이 있는 의자에 나란히 앉아 편안하게 관람할 수 있도록 했다. 생중계된 TV 화면은 부시 대통령 등 일부 외국의 국가원수들이 참기 힘든 더위 때문에 화장실을 들락거리는 모습을 보여주기도 했다. 화장실에는 에어컨이 설치되어 있었기 때문이라고 했다. 전 세계가 지켜보는 올림픽 개최국인 중국의 손님맞이 의전을 실수로 치부하기에는 적절치 않아 보였다.

올림픽이 끝난 후 〈중국청년보〉(中國靑年報) 편집국장은 사석에서 북경올림픽의 효과를 이렇게 언급했다. 첫째는 언론의 자유가 다소나마 확대되었다는 것이다. 특히 외신들의 취재가 올림픽 전보다 훨씬 자유로워졌다고 했다. 둘째는 환경친화적인 인식을 많이 하게 되었다는 것을 꼽았다. 피부로 느낀 변화는 올림픽 기간 북경의 날씨가 놀라울 정도로 개선되었다는 것이다. 그 후로도 청명한 하늘의 빈도는 예전보다 좋아졌다. 공해 유발 산업의 교외 이전과 시민들의 무연탄 사용을 제한한 효과다. 마지막으로 국민 의식 수준이 많이 향상되었다고 했다. 특히 청결 문제를 위시한 공중도덕 의식이 향상되었다고 했다.

북경올림픽은 중국이 성장하는 과정에 큰 역할을 했다고 생각한다. 전 세계인을 대상으로 중국은 그들의 문화적 저력과 대국으로 굴기(崛起)하는 모습을 보여주는 데 부족함이 없었다. 〈중국청년보〉 편집국장의 평가에 더해, 북경올림픽은 중국 인민들에게 자긍심을 고취시켜 국민통합을 이뤄내고, 소수민족 분리 독립 움직임을 잠재우는 데 크게 기여했다고 생각한다.

⚜ 중국 특색의 사회주의

시장경제와 사회주의 공존

중국은 공식적으로 사회주의 체제다. 다만, 경제는 필요에 의해 시장경제 원리를 도입 적용하고 있다. 그러니 국가 운영 시스템이 이중구조라 할 수 있다. 경제 분야를 제외한 모든 분야는 아직도 철저히 공산당의 영도와 통제하에 이뤄지고 있고 강력한 중앙집권적이고 권위적인 통치 방식을 견지하고 있다.

먼저, 중국이 시장경제를 받아들인 배경에 마오쩌둥의 문화대혁명이 결정적인 역할을 했다. 물극필반(物極必反)이 일어나 중국의 이념 노선에 대한 대변환을 초래했다. 혁명 2세대인 덩샤오핑(鄧小平)은 "가난은 사회주의가 아니다"(Poverty is not socialism)라는 신념으로 인민들의 먹고사는 문제를 우선 해결하려고 했다. "검은 고양이든 흰 고양이든 쥐만 잘 잡으면 된다"는 '흑묘백묘'(黑猫白猫)론이 이를 말해준다.

'실사구시'(實事求是) 정신으로 1978년부터 본격화된 그의 개혁개방정책의 근간은 시장경제 원리의 도입이고, 이의 핵심은 개인에게 '동기'(Incentive)를 부여하는 것이다. 그리고 일정 부분 사유재산을 용인하는 것이다. "능력에 따라 일하고, 필요에 따라 분배받는다"는 공산주의 대원칙에 배치(背馳)되는 것이다. 그래서 덩샤오핑은 이러한 이중적 체제를 '중국 특색의 사회주의'라 불렀다.

시장경제를 도입한 이후 중국 경제는 매년 10%대의 성장률로 급속히 성장하여 짧은 기간에 세계 2위의 경제 대국에 이르렀다. 골드만삭스가 중국은 2050년 세계 경제의 주역이 될 것을 예측했지만, 이미그 위치에 도달했다. 그 주된 동인에는 중앙집권적인 체제에서 나타나는 행정의 효율성이 이를 뒷받침했다 볼 수 있다. 그러니 공산주의 국가인 중국이 자유무역과 시장경제의 덕을 톡톡히 보고 있는 셈이다.

Made in China 제품이 전 세계에 넘쳐나고, 수출로 벌어들인 달러로 세계 곳곳을 돌며 자원을 확보하며 지속적 성장을 담보하고 있다.

경제력을 바탕으로 군사적으로도 이미 미국 다음으로 군사 대국이 되었다. 스톡홀름 국제평화연구소(SIPRI)의 2022년 자료에 의하면 미국이 8,770억 달러, 중국이 2,920억 달러로 중국은 세계 2위의 군사력을 유지하고 있다[한국은 460억 달러로 세계 9위]. 막강해진 군사력으로 제해권을 확보하기 위해 남중국해로 서서히 뻗어나오고 있고, 이를 저지하기 위한 미국과의 충돌이 풍전등화의 형세에 이르렀다.

한편, 경제 이외 정치, 사회, 문화 등 모든 분야는 아직도 강력한 중앙통제 체제를 유지하고 있다. 중국은 전형적인 '당-국가체제'(Party-state System)로 공산당이 모든 정책을 결정하고, 행정부(국무원)와 사법부, 지방행정 단위는 당에서 결정한 사항을 집행만 한다. 공산당 일당이 거대한 중국을 통치하고 있다. 그래서 중국의 통치 방식은 '효율성'이 매우 높다. 공산당이 어떤 정책을 결정하면 이에 반론을 제기할 야당도 없고, 시민단체도 없다. 그리고 비판할 언론도 없다. 매사가 속전속결 일사천리로 진행된다. 그러니 '민주성'이란 가치가 설 자리가 없다.

중국의 당 중심의 중앙집권적인 의사결정 과정은 대체로 이렇다. 예컨대 한국 문화행사를 하거나 문화 콘텐츠를 상영하는 경우, 최고 정점인 공산당 선전부(宣傳部)의 허가를 받아야 가능하다. 홍보 업무를 담당하는 행정부처로는 국무원신문판공실[우리의 홍보처], 문화부, 광전총국[우리의 방송통신위원회], 신문출판총서 등 분야별로 나뉘어있고, 이들 기관을 통해 사전에 검열과 허가 절차를 거쳐 최종적으로는 당 선전부에서 결정된다. 중국의 '가치와 문화'에 유해로운 요인이 없다고 판단했을 때 가능하다는 결정을 내린다.

중국의 이러한 통치 구조를 잘 이해하지 못하면 우를 범할 소지가 있다. 중국의 시장경제 모습과 이로 인한 발전된 중국의 모습을 보면서 다른 분야도 자유롭고 민주적으로 돌아가는 국가로 착각을 일으킬 수 있다는 것이다. 그러나 현실은 경제 분야를 제외하고는 철저히 전체주의적인 통제 속에서 이뤄진다. 경제 분야 일부를 제외하고, 정치·사회·문화 등 모든 분야는 아직도 오웰(George Orwell)의 소설『1984』에 등장하는 '빅브라더'(Big Brother)가 조종하고 있다고 보면 과장일까?

중국 공산당의 무오류 정치

중국 헌법(2018.3월 개정) 제1장 총강 제1조는 "중국 공산당의 영도는 중국특색사회주의의 가장 본질적인 특징이다"로 명시하고 있다. 중국 공산당은 1949년 국공내전(國共內戰)에서 승리하여 신중국(新中國)을 건설한 이후 오늘에 이르기까지 거대 중국을 이끌어오고 있다. 공산당이 정치, 경제, 행정, 사법, 군사 등 모든 국가기관을 통솔하고 있다.

중국의 공산당원은 2018년 기준 9,000여만 명으로, 국가 최고지도자에서부터 말단 공무원에 이르기까지 공산주의자들이 거의 도맡아 하고 있다. 일부 지방 성장(省長) 몇 사람과 중앙 부서 기관장 몇 명이 비(非)공산당원으로 되어있을 뿐이다. 그리고 공산당 하부 조직으로 공산주의청년단(共青團)이 약 8,000만 명 있다. 이들 중 상당수가 앞으로 정식 공산당원이 될 사람들이다. 그러니 중국 인구의 약 12%가 핵심 지지층이자 중국을 이끌고 나가는 엘리트 집단이라고 보면 된다.

중국은 공산당이 계속 집권해오고 있고, 또한 권력의 남용을 막을 수 있는 '견제와 균형'(Check and Balance)의 장치도 사실상 없다. 모든 것이 당의 수하에 들어가 있다. 군(軍)도 당의 군대이고, 언론도 당의 선전도구에 불과하다. 권력 남용의 최후 보루인 사법부도 공산당의 지시를 받는 구조다. 이러한 권력 구조를 감안하면 중국 공산당은 '무오류'(Infallibility)의 전지전능한 존재여야 한다.

중국이 일당독재가 아니라고 주장하는 근거는 공산당 이외에도 정당이 현실적으로 존재하고 있기 때문이다. 그러나 절대적인 우위의 정당은 중국공산당(Communist Party China, CPC)이다. 그 외 중국국민당혁명위원회, 중국민주연합, 범중국민주건설연합당, 중국민주촉진연합, 중국노동자근로자민주당 등 군소정당들이 있다. 중국 당국도 정당정치는 현대 민주정치에 있어서 매우 중요한 요소라고 인정은 한다. 다만, 그 나라가 처한 사회발전 정도에 따라 다르게 나타날 뿐이라고 한다. 즉, 중국의 정당 정치는 다당협력체제(Multi-party Cooperation

System)로서 서방의 다당경쟁체제(Multi-party Competition System)와 다를 뿐, 일당독재는 아니라고 주장한다.

그리고 국가권력의 실현 체계가 당이 국가기관보다 우위에 있고, 당이 국가기관을 지도하게 되어있다. 그래서 모든 국가기관에는 기관장이 있고, 그 위에 당서기(黨書記)가 있다. 예컨대 중국의 각 성에는 성장(省長)이 있고, 당서기가 따로 있다. 성장은 당서기의 지침에 따라 업무를 집행하고 대외적으로 당을 대표하는 기관의 장에 불과하다. 당서기가 인사권과 조직권을 쥐고 있어 실질적인 지도자 역할을 한다.

전국인민대표대회(全國人民代表大會, 全人代)는 당을 제외한 최고 정치권력 기관이다. 이는 우리의 국회 격이고, 정치 자문기구인 전국인민정치협상회의(全國人民政治協商會議, 政協)와 함께 매년 3월 북경 인민대회당에서 2주간 개최된다. 이를 양회(兩會)라고 부른다. 전국 각지에서 온 14억 인구의 대표자들이 참가하여 그해의 국정을 논의하는 자리다. 총리가 그해 국무원의 사업계획에 대해 '공작보고서'(工作報告書)로 설명하고, 이를 토대로 각 이해 집단 간의 협상과 조정이 이뤄지고, 중요한 사안은 법안으로 처리된다.

중국의 전인대(全人代)는 국무원(행정부), 최고인민법원(사법부), 최고인민검찰원(검찰), 국가감찰위원회(감찰)의 인사권을 갖고 있어 회의 기간 중 필요한 관원의 선출이 이뤄진다. 중요한 것은 5년에 한 번 공산당 중앙정치국 상무위원을 선출한다는 것이다. 국가 주석을 포함한 7~9명의 정치국 상무위원들은 영도자로 불릴 만큼 중국의 정치, 경제, 사회, 문화, 외교, 군사 등 모든 분야에 걸쳐 국가 대사(大事)를 논의하고 결정하는 중요한 자리다. 이런 점에서 전인대가 우리의 국회보다는 권한이 크다고 할 수 있겠다. 전인대는 총 3,000여 명에 이르기 때문에 1년에 한 번 전체 회의를 갖고, 산하기관인 상무위원회가 년 중 업무를 처리한다.

정치학자들이 주장하는 전체주의 국가의 속성을 기준으로 봤을 때, 중국은 1인 지배의 단일 정당, 당과 정부가 모든 정보와 커뮤니케이션 독점, 모든 무력 수단 독점, 경제의 중앙통제, 관제 이데올로기 조장 등의 요소를 상당 부분 내재하고 있다고 하겠다. 단지, 중국 공산당이 유일한 독재 정당이긴 하지만 집단지도체제의 성격을 띠고 있다는 점에서 1인 지배와는 다소 차이가 있다. 그러나 최근 당 총서기에게 권력을 집중화시키는 추세는 전체주의 특성에 더욱 접근하고 있다고 하겠다.

언론은 없고 선전만 작동

권력을 견제하고 비판하는 것이 언론의 중요한 기능 중 하나이다. 그러나 중국에서 이런 언론은 존재하지 않는다. 중국 언론은 공산주의 혁명 당시부터 공산당의 당보(黨報)로 시작한 이후 아직도 선전 매체의 역할에 충실하다. 그래서 현재의 중국 언론은 모두 당 기관지이거나 정부 대변지들이다. 중국 최대의 신문인 〈인민일보〉와 〈광명일보〉는 공산당 기관지다. 그리고 〈신화통신〉과 〈CCTV〉는 국무원 산하의 기관으로 되어있다. 중국 전역에 신문과 방송이 2,000여 개 이상씩 존재하지만 모두 인민일보나 신화통신 등을 인용해 보도하는 수준의 주선율(主旋律)들이다. 서방세계나 우리같이 관(官)으로부터 독립적인 언론 매체는 거의 없다.

중국 언론에 종사하는 기자의 신분은 준공무원에 해당한다고 봐도 크게 다르지 않다. 기자들의 급여, 주거, 노후 연금까지 정부가 일부 책임지고 있다. 그러니 권력을 비판하는 기사는 원천적으로 기대할 수 없다. 당이나 정부에서 발표하는 것 중심으로 사실 보도하는 수준이다. 국제뉴스도 중국의 체제 유지에 도움이 될만한 기사만 골라서 보도한다. 〈CCTV〉의 국제뉴스는 언론의 자유를 누리는 미국이나 한국 등에서 일어나는 불미스러운 정치 기사나 사건 사고 영상을 보도하곤 한다. 이러한 현상은 학계도 거의 비슷하다. 대학과 각종 연구소가 모두 국공립으로 운영되고 있어, 학자들의 기고나 논문도 자유롭게 언론에 게재하거나 학술회의에서 발표하지 못한다. 사전에 소속 기관을 거쳐 공산당 검열을 받아야 한다. 그렇지 못한 경우는 어떠한 제재도 감수해야 한다.

중국의 대표적인 공산당 기관지인 〈인민일보〉는 총 24면 중 1면에서 3면까지는 거의 당 주석 및 정치국 상무위원들의 활동상을 다룬다. 예컨대, 외국의 국가 원수가 방문해도 국빈방문의 경우에만 1면 하단에 2단 크기의 사진과 짤막한 기사가 실릴 뿐이다. 그 외 외국 국가 원수 방문 기사가 1면에 실리는 경우가 없다. 그러니 그 외 인사의 기사나 인터뷰가 〈인민일보〉에 게재된 적이 없는 것은 말할 필요가 없다.

국제뉴스는 〈인민일보〉에서 다루지 않고 자매지인 〈환구시보〉(環球時報)가 전담한다. 한중관계에서 크고 작은 갈등과 마찰이 발생하면 〈환구시보〉가 앞장서서 중국의 입장을 지지하고 한국을 공격한다. 그 방법도 교묘하여, 한국 정부에 비판적인 언론의 부정적인 기사를 골라서 인용 보도한다든가, 중국 구미에 맞는 한국 인사를 '특약기자'로 임명하여 이들의 기고를 보도하기도 한다.

한중간 젊은 네티즌들의 반한(反韓), 반중(反中) 정서가 한창일 때 〈환구시보〉는 중국의 국익에 선봉장 역할을 했다. 편집장을 만나 보도 성향이나 방향에 대해 논의하면, 그때마다 그는 한국 언론은 왜 중국에 대해 나쁜 기사만 게재하느냐며, 평소에 하고 싶었던 얘기만 엉뚱하게 하는 식이었다. 중국이 진정한 세계 초강대국의 면모로 거듭나기 위해서는 이런 편파적이고 왜곡된 보도 관행도 바뀌어야 할 부분이라고 생각한다. 중국의 지방에도 수많은 언론이 있다. 그러나 일부 상업적인 매체인 〈도시보〉(都市報)를 제외하고는 대부분은 당이나 정부의 발표를 그대로 보도하거나, 통신 기사를 인용 보도하는 정도다.

중국 중앙방송인 〈CCTV〉는 매일 저녁 7시에 종합뉴스 '씬원렌바오'(新聞聯報)를 보도한다. 우리의 저녁 9시 종합뉴스에 해당한다. 총 30분 뉴스 중 15분간을 할애하여 중국 지도자들의 그 날의 활동상을 서열 순서대로 자세히 보도한다. 국제뉴스는 앞에서 언급한 외국의 불미스러운 뉴스로 꾸려 마지막 5분 정도 보도한다. 재미있는 것은, 중국이 광활한 국토로 인해 4시간 정도의 시간대가 있는 것이 정상인데, 중국 전역이 단일시간대로 되어있다. 그렇다 보니 북경시간 기준 저녁 7시 뉴스는 서쪽 끝 신장 위구르 지역에서는 오후 3시에 보게 되는 일이 일어난다.

다른 민주주의, 느린 민주화

중국이 개혁개방 이후 경제발전으로 인민들이 먹고살 만한 세상은 되었고[小康社會], 이젠 빈부 격차를 줄여 함께 잘사는 사회[共同富裕]를 만들어가려고 한다. 경제적인 여유는 자유를 갈구하게 하고, 자유는 정치적 민주화를 요구하게 하는 것이 정치발전의 순리다. 사실 중국 지도부도 인민들이 경제적 여유가 생기면 민주화 욕구가 분출할 것을 두려워하고, 대비하고 있다. 이는 곧 공산당 천하의 권력 구조와 자본주의 시장경제의 모순을 언제까지 안고 갈 수 있을지와 직결되는 문제이다.

사실 민주주의는 다양한 형태로 실현되고 있다. 즉, 민주주의가 만병통치약도 아니고 최고의 선(善)도 아니다. 중국은 서양의 자유민주주의는 자신들의 실정에 맞지 않다고 주장한다. 그러면서 중국은 전통적으로 '숙의민주주의'(Consultative Democracy)가 적절한 정치제도라고 한다. 투표권 행사를 통한 '대의민주주의'(Representative Democracy)의 한계를 극복하고, 집단적 정치체제에 적합하다고 한다. 현재 중국의 민주주의는 2개의 축으로 상호보완적으로 민주주의를 실현하고 있다. 하나는 투표에 의해 선출된 대의민주주의인 '전국인민대표대회'이고, 다른 하나는 숙의민주주의 형태를 띠고 있는 '정치협상회의'이다.

그런데 문제는 '전인대' 대표자들이나 '정협' 위원들이 대부분 공산당원으로 구성되어 있어 '대표성'과 '협상'에 한계가 있을 것으로 보인다. 숙의민주주의 기본 조건이 자유롭고 동등한 지위에서 토의와 협상이 이뤄져야 하는데, 절대적 위력을 지닌 공산당원과 군소정당 당원 또는 단체와의 토론과 협상이 제한적일 수밖에 없다. 그래서 중국이 주장하는 민주주의는 '권위적 숙의민주주의'(Authoritarian Consultation Democracy)라고 지적하는 학자도 있다.

현대 중국 정치사를 살펴보면, 1949년 마오쩌둥의 공산혁명이 성공한 후 43년간 공산당 일당 통치에 대한 민주화 욕구가 처음 분출한 것은 1989년 6월 4일 '천안문사태'였다. 세계의 이목이 집중되었던 민주화 시위는 덩샤오핑의 강경노선 유지로 물거품이 되었다. 그는 민주화를 수용하기보다 여전히 공산당의 영도하에 프롤레타리아 사회주의를 견지해나가는 노선을 택했다.

그 후 약 20년만인 2008년 세계인권선언 60주년 기념일인 12월 12일 류사오보를 중심으로 지식인 303명이 중국의 인권개선과 정치 민주화를 촉구하는 '08헌장'을 선언하고, 서구식 민주주의 정치제도인 삼권분립과 선거제도 도입, 집회·결사·언론·종교의 자유, 사유재산권 보장 등을 요구하였다. 이들의 요구 역시 받아들여지지 않았다. 이유는 인민민주주의는 평등한 가치를 우선하는 '사회적 민주주의'를 지향하고 있어 그 수단에 불과한 '정치적 민주주의'는 아직은 때가 아니라는 논리였다.

민주화 욕구가 잠복해 있는 현실을 중국 당국이 모를 리 없다. 2012년 3월 전국인민대표대회에서 원자바오(溫家寶) 총리가 "정치체제 개혁이 없다면 그동안 이룩한 경제체제 개혁의 성과도 유실될 뿐만 아니라 문화대혁명 시대로 회귀할 수도 있다"고 경고한 데서 나타난다. 그러나 여기서 말하는 정치체제 개혁의 범위가 어디까지인지 분명치 않지만, 보편적 민주주의를 의미하는 것은 분명 아니고, 현재 중국 공산당 체제의 근간을 흔들지 않는 범위 내에서 하층 조직에서 제한적인 대의민주주의를 실험적으로 실시해보겠다는 것으로 풀이된다.

그것이 지방정부에서 부분적으로 실시하는 직접선거들이다. 중국의 행정체계는 중앙정부, 성(省), 현(縣)·시(市), 향(鄕)·진(鎭)·구(區) 등 4단계로 나뉜다. 그리고 그 밑에 말단 주민자치조직으로, 농촌의 경우 향·진 산하에 촌민(村民)위원회가 있고 도시에서는 사구(社區)주민위원회가 있다. 소위 기층(基層)에서 실시되는 선거는 현(縣) 급 이하 인민대표 선거, 농촌 촌민위원회와 도시 사구주민위원회 간부 선거, 그리고 향·진장 선거다.

그나마 순조롭게 진행되는 직접선거는 현 급 이하 인민대표 선거이다. 1979년 '전국인대 및 각급 지방인대 선거법' 제정 이후 1981년부터 전국적으로 실시되고 있다. 촌민위원회와 사구주민위원회 간부 선거는 일부 지역에서만 실시되고 있고, 향·진(鄕·鎭)장 직선제는 아직 실험 단계에 있다. 향·진 지방행정의 장(長)을 주민이 직접 선출할 경우, 당서기보다 선출직 행정수장의 권위가 우월할 수 있다는 우려가 생긴다. 이는 당의 국가권력 독점 원칙에 위배되기 때문이다.

중국 사회계층은 현재 상류층이 약 4%, 중산층이 11%, 하위층이 85%에 이른다. 아직 중산층의 비중이 작아 민주화 욕구가 크게 문제되지 않을 수 있다. 그러나 중국의 지속적인 경제발전으로 중산층의 비중이 점점 커지면서 민주화 욕구도 점차 강해질 것이다. 2022년 이후 시진핑 주석의 장기 집권과 권력 집중화 조치들과 점증하는 중국 인민들의 민주화 요구가 어떻게 조화를 이뤄나갈지 미지수다.

ⓐ 중국이 보는 남(南)과 북(北)

명분과 실리

중국의 그간의 대외정책 기조는 주변국들의 안정이고, '화평굴기'(和平崛起)이다. 그 이유는 강성대국으로 가는 도중에 주변국이 시끄러우면 성장 발전에 장애가 되기 때문이다. 그러다 보니 동북아정책은 평화와 안정이고, 한반도정책은 '현상유지'(Status Quo)인 것이다.

그러면서 한국과 북한은 이원적으로 대한다. 그 이유는 북한과는 사회주의 이념으로 전통적 형제국[혈맹]이고, 한국과는 교역의 대상인 경제적 동반자이기 때문이다.

중국 공산당은 북한 노동당과 끈끈한 관계를 유지하고 있다. 반면, 한국과는 정부 차원의 필요한 교류와 협력을 주로 하고 있다. 즉, 이념적이고 정치적인 사안은 북한과 관계 깊고 명분 지향적이다. 반면, 경제적이고 실리적인 사안은 한국과 관계가 많다고 하겠다. 중국이 당우선 국가임을 고려하면, 북한을 중요시하게 되어있다. 이러한 현실을 단적으로 보여주는 사례가 중국대사의 직급이 아닌가 생각한다. 주한 중국대사는 국장급이고, 주북한 중국대사는 차관급이다.

동북아의 평화와 안정을 바라는 중국으로서는 북한의 핵실험이나 장거리 미사일 개발로 인해 미국과 주변국들과 긴장 관계가 조성되는 것을 원치 않는다. 북한의 핵무기 개발은 아무리 혈맹이지만 인접국이 핵무기를 갖는 것 자체가 중국의 안보에 위협 요인이 될 수 있다. 나아가 한국, 일본, 대만으로의 핵 도미노를 우려하지 않을 수 없다. 또한, 북한의 도발로 인해 미군의 전략무기가 한반도 주변에 자주 출현하는 것을 극도로 우려한다. 한국이 보수정권인 경우, 북한의 빈번한 도발은 한미동맹과 한미일 군사협력을 강화하는 결과를 초래하게 한다. 이러한 관점에서 보면 중국은 북한의 도발을 자제시켜야 마땅하다.

북한은 지정학적으로 중국에게 순망치한(脣亡齒寒)의 완충 지역이다. 그래서 중국은 북한의 완전 붕괴를 더더욱 원치 않는다. 결국 현 상 태를 유지하면서 남북한이 분단 상태로 당분간 존속되는 것이 중국의 국익과 일치한다고 하겠다. 한반도에서 무슨 일이 일어나면, 항상 남 북한 간에 '대화와 타협'으로 문제를 해결하고, 한반도 '평화와 안정'을 바란다는 중국 당국의 논평은 이를 방증하는 것이다.

'혐한정서'의 발원, 그리고 표출

인접 국가 간 국민 정서가 좋은 경우는 별로 없다. 한국과 중국 도 그런 것 같다. '혐한'(嫌韓)이란 용어는 중국 사람들이 거의 사용하 지 않는 용어다. 우리 언론이 일본인들이 가끔 쓰는 용어를 사용한 것 으로 알고 있다. 혐한이든 반한이든 중국인들에게 단초를 제공한 계 기가 있었다. 우리 '강릉단오제'가 세계문화유산에 등재되면서부터다 [2005.11.25.]. 중국은 2,000년 전부터 단오제를 지내오고 있다. 그리고 우 리의 대부분의 절기가 중국에서 유래했듯이 '단오제'라는 명칭 역시 중국에서 온 것이다. 그러니 한국이 유네스코 세계문화유산에 강릉단 오제를 등재한 것을 자기들 문화를 찬탈(簒奪)한 사건으로 생각하는 것이 무리는 아니다.

우리 정부와 강릉단오제위원회에서는 강릉단오제가 중국의 단오 제와 명칭만 같을 뿐 내용은 완전히 다르다는 것을 여러 경로로 설명 하고 홍보하는 노력을 기울였다. 2009년 강릉단오제 기간에는 중국의 문화재 관계자들을 초청하여 우리 강릉단오제를 보여주기도 하고, 한편으로는 서울 상주 중국 특파원을 초청하여 강릉단오제 행사를 취재 보도하게 하여 오해를 해소하기도 했다. 그 이후 강릉단오제 문화유산 등록을 이유로 한국을 비난하는 현상은 많이 줄어들었다.

반한감정이 촉발된 두 번째 사건은 북경올림픽 전후다. 북경올림픽 직전 한국에서 성화를 봉송하는 과정에서 한중 양국 젊은이들의 마찰, 그리고 올림픽 리허설 장면을 국내 모 방송사가 관례를 깨고 미리 보도한 사실이 인터넷을 타고 퍼져 나가면서 중국 네티즌들이 흥분했다. 중국인들에게는 북경올림픽이 '백년의 꿈'을 이루는 행사였던 만큼, 조금이라도 흠집을 내거나 방해한다고 생각되면 온 국민이 들고일어날 분위기였다. 그도 그럴 것이 1988년 서울올림픽을 개최한 한국에 20년이나 뒤졌다는 열등감 때문에 한국의 작은 실수라도 중국인들의 감정을 건드리기에 충분했다.

이러한 사태의 결과로, 중국인들의 불만이 실제 올림픽 경기장에서 나타나기 시작했다. 개막식 입장식을 생중계한 올림픽 주간 방송사였던 중국중앙방송국(CCTV)은 한국 선수단이 입장하는 장면을 왜곡해서 보도했다고 생각한다. 보여주지 않아도 될 선수단의 발부분을 상당시간 할애해서 보여준 것은 단순한 카메라맨의 실수라고 보기 어려웠다. 경기장 내의 관중들도 마찬가지였다. 한국 선수단이 입장하는 순간 관중석은 쥐 죽은 듯 조용했다. 반면, 북한 선수단이 입장할 때나 일본 선수단이 입장할 때는 기립 박수와 환호하는 모습이 대조적이었다.

이외에도 한국 일부 학계의 역사 연구 발표나 역사 문화 단체들의 우리 문화 보존을 위한 활동이 중국인들을 자극하는 사례가 많았다. 한자, 중의학, 공자, 중국 신화 일부가 한국에서 유래되었다는 주장이 그런 예이다. 또한 일부 한국 관광객들의 추한 모습이 한국과 한국인들에 대한 반감을 갖도록 만들기도 했다. 그리고 2000년대 초반 우리 진출 기업들의 비정상적인 철수 사태도 반한감정을 유발하는 데 한몫했다. 2008년 중국의 '신노동법'이 제정되고, 중국 근로자들의 권익을 보호하기 위해 근로 조건을 크게 향상한 것이 중국에 진출한 우리 중소기업에는 큰 타격이었다. 그 결과 일부 한국기업이 도산하거나, 야반도주하는 사태가 벌어졌다.

중국 사람들은 한국에서 일어나는 일거수일투족을 신문이나 인터넷을 통해 실시간으로 접하고 있다. 국내 또는 중국에는 한국어를 해독할 수 있는 사람들이 상당히 많다. 근거가 확실치 않은 주장과 자극적인 표현으로 중국인들의 민족주의를 자극하는 일을 삼가야 할 것이다. 한국이 아직은 중국보다 여러 면에서 수준이 높은 것은 사실이며, 중국인 또한 이를 인정하고 부러워하기도 한다. 그래서 한류 열풍도 가능했다. 그런데 막상 한국 사람들을 직접 접해보고는 일부 한국인들의 추한 모습에서 중국인들이 크게 실망한다는 이야기도 돌았다.

중국에서 혐한 정서 표출의 절정으로 우리 드라마 〈대장금〉(大長今)을 중국인들이 가장 싫어하는 드라마로 지목한 황당한 일이 있었다. 우리 드라마 〈대장금〉은 2000년대 중국 사람들이 안 본 사람이 없을 정도로 유명했다. 당시, 중국의 고위 관리가 중국에도 훌륭한 소재가 많은데 대장금과 같은 인기 드라마를 만들지 못한다고 중국 연예계를 질타하기도 했을 정도다. 그런데 2008년 1월 중국 공산주의청년단(공청단)에서 발간하는 영향력 있는 일간지 〈중국청년보〉가 중국 드라마 50편에 대한 인기도 인터넷 여론조사를 실시했다. 여론조사 목적은 중국 드라마의 질을 높이기 위해 인기 없는 드라마의 순위를 정하고, 그 결과를 바탕으로 전문가들이 참여해 공개 토론하기 위해서였다.

이 여론조사에서 〈대장금〉이 50편의 중국 드라마 중 '가장 인기 없는 드라마'로 2주간 연속 1위를 차지하는 기상천외한 일이 벌어졌다. 중국 젊은이들이 대장금을 한국 드라마로 알고 있었던 건 물론, 설사 몰랐다 하더라도 대장금이 인기 없는 드라마 1위로 올라온 것은 상식적으로 이해할 수 없는 일이었다. 아직도 그 수수께끼 같은 일의 배후는 알 수 없지만, 이는 대장금의 인기도에 대한 중국인들의 시기심이 어느 정도였는지를 보여주는 현상이였음을 확신한다. 〈중국청년보〉는 결국 한국대사관 홍보관실의 항의를 접수하고 여론조사 도중에 조사 대상에서 대장금을 빼고 49편의 중국 드라마를 대상으로 여론조사를 계속하는 해프닝이 있었다.

소수민족 문제와 '동북공정'

중국에는 총 56개 민족이 함께 살고 있다. 그중에서 한족(漢族)이 91.6%로 절대다수를 차지하고 있지만 55개의 소수민족이 함께 사는 다민족 국가다. 소수민족은 원래 변방 지역에서 살아왔으나 중국이 경제발전을 하면서 일자리를 찾아 자연스럽게 도시지역으로 이동하면서 중국 전역으로 흩어지는 현상을 보인다. 소수민족들이 언젠가는 중국의 한족과 동화되어 가겠지만 아직은 소수민족 문제가 중국 당국의 중요한 현안 중 하나다. 중국이 가장 신경 쓰는 소수민족 문제는 티베트와 신장 위구르의 분리 독립 움직임이다. 그리고 만주 지역의 조선족 문제다. 지역적으로 서북쪽과 동북쪽의 변방에 위치하여 지정학적으로 분리 독립할 가능성이 큰 민족들이다.

중국 당국의 소수민족 대처법은 다양하다. 한족과 결혼을 통한 신분의 전환, 일자리를 찾아 타 지역으로 분산, 한족의 대거 이주로 인구 구성 비율의 변환 등의 방법을 구사한다. 중국이 서부 대개발의 일환으로 칭하이시(青海市)와 티베트 라싸시(拉薩市)를 연결한 '칭짱철로'[青藏鐵路, 1,956km, 2006.7.1. 완공]는 한족의 티베트 이동과 이주에 좋은 인프라를 구축해놓은 측면이 있다. 머지않아 티베트에 한족이 다수가 될 가능성이 있다. 현재 중국이 가장 공을 들이는 소수민족은 신장 위구르 지역으로, 주민 교화 공정이 서방세계로부터 인권탄압이라는 비판을 받는 곳이다.

조선족의 경우 한국 기업의 중국 진출이 늘어나면서 취업의 기회를 찾아 동북 3성에서부터 자발적으로 이 지역을 떠나 뿔뿔이 흩어지는 현상이 일어났다. 1990년대 초 한중수교 이후 중국의 동부 연안을 따라 한국 기업들이 대거 진출하였고, 이들 지역을 중심으로 한국인들이 많이 거주하게 되었다. 조선족들이 이런 한국 기업에 취업하기도 하고, 한국인들의 생활과 관련한 각종 서비스업에 종사하면서 자연스럽게 고향인 만주 일대를 떠나 중국 전역으로 분산되는 현상이 발생했다.

소수민족인 조선족 문제로 골머리 아픈 중국 정부로서는 나쁘지 않은 현상이 일어난 것이다. 오히려 옌벤(延邊) 조선족 자치주는 조선족 인구의 감소로 인해 자치주로서의 위상이 위기를 맞고 있을 정도다. 한편, 중국은 2002년부터 동북공정(東北工程)을 추진하여 만주 일대의 한국 고대 역사를 중국의 역사로 바꿔놓았다. 고구려 유적지와 박물관 입구 안내문에는 이미 '고구려의 역사는 중국 지방정부의 역사'로 명기해놓았다. 역사는 힘 있는 자가 기록하는 것일까. 이는 한반도가 통일됐을 때 조선족이 많이 거주하는 만주 지역 일대에 대한 영토분쟁 가능성에 중국 정부가 사전 대비책을 마련한 것으로 보인다.

힘들었던 행사 경험

북경대사관 부임 6개월째인 2007년 8월 당시 한국 국정홍보처는 북경에서 한국의 국가이미지 홍보를 위한 대규모 '동감한국(動感韓國)' 행사를 개최한 적이 있다. 이는 그 직전 해인 2006년 중국이 한국에서 개최한 '감지중국(感知中國)' 행사의 답방 형식으로 추진되었다. 양국 체제가 다른 데서 나타난 행사 추진 과정의 일화를 소개해본다.

먼저, 중국이 한국에서 행사 준비할 때 불만을 토로했던 것은 행사를 준비하는 과정이 너무 길고 복잡하다는 것이었다. 보통의 경우 그 정도의 행사를 하려면 장소 예약 등 1~2년은 족히 준비해야 한다. 그런데 6개월 전부터 시작하니 여러 가지로 불편했을 것이다. 중국이 보기에는 정부 행사면 모든 절차가 일사불란하게 진행될 것으로 기대했던 것이다. 그런데 한국의 경우 아무리 정부가 주관하는 행사라도 준비 과정은 민간 베이스로 추진되어 정부가 일일이 개입하는 데는 한계가 있다. 중국의 경우 중국 정부가 주관하거나 후원하는 행사는 일사천리로 진행된다. 그런 문화에 익숙한 중국 관리들이 한국에서 자국의 홍보 행사를 준비하는 과정에서 한국 정부가 적극적으로 개입하지 않아 행사 준비를 힘들게 했다고 서운한 감정을 갖게 되었다.

그다음 해 한국이 북경에서 개최하는 '동감한국' 행사를 준비하는 과정에서 역경을 겪었다. 언론인 포럼, IT 전시회, 문화 공연 등으로 구성된 행사를 준비하면서 가장 고생한 부분은 '한중가요제'의 장소 문제였다. 우리의 야심 찬 바람은 '한류'의 바람을 크게 일으킬 생각으로 공연을 천안문 광장에 있는 '인민대회당'(人民大會堂), 거기서도 가장 큰 회의장인 '만인당'(萬人堂)에서 개최하고 싶어 했다. 그리고 서울 본부에서도 이를 고집했다. 인민대회당은 우리나라 국회의사당과 비슷한 기능을 하는 장소며, 그 안의 만인당은 이름 그대로 1만 명을 수용하는 대회의장으로 언론에서도 자주 보는 중국 공산당 전당 대회나 전국인민대표대회 같은 국가적인 행사를 개최하는 곳이다.

그런 의미를 가진 장소에서 대중가수들이 출동하는 한중가요제를 개최하겠다는 우리 측의 의사를 중국 측에 전달하자, 중국 측은 행사 성격과 보안 문제 등을 이유로 결정을 미루었다. 서울에서는 어떻게 하든지 거기서 한중가요제를 하길 계속 원했다. 그런데 문제는 중국의 의사결정이 상대방을 고려하지 않는다는 데 더 큰 문제가 있었다. 행사 일자는 다가오는데 가타부타 결과를 통보해주지 않았다. 그러다 행사 개최를 일주일 앞두고 불가하다는 통보를 받았다.

그러면서 대안으로 북경 도심에서 멀리 떨어진 장소를 제시해왔다. 우리 본부가 대안 장소를 받아들이지 않아 한중가요제는 결국 불발로 돌아갔다. 겨우 동감한국 행사의 개막식만 양국 문화홍보 분야 인사들을 초청하여 인민대회당에서 개최하게 되었다. 지나고 보니 대중가요 행사를 인민대회당에서 하겠다는 것을 반대한 중국 입장이 이해되는 측면도 있다. 그러나 중국에서 무슨 행사를 추진할 때 중국 당국의 의사결정 과정이, 고의든 아니든, 마냥 지연되어 행사를 며칠 앞두고 촉박하게 결과가 통보되는 경우가 왕왕 있다. 중국은 가능한 일이지만, 우리는 대안없이 기다리다가 난처한 상황을 맞을 수 있다.

✍ 미·중 갈등의 시종(始終)

'일대일로'가 화근

1972년 중국과 미국이 수교한 이후 양국 관계가 협력 관계, 경쟁

관계를 거쳐 적대적 관계로 반전된 결정적 계기가 2013년 중국의 '일대일로'(一帶一路) 대외정책을 공식화하면서부터라고 생각한다. '일대일로'(One Belt One Road)는 육상 실크로드(One Belt, 一帶)와 해상 실크로드(One Road, 一路)를 합친 것이다. 중국 서부지역-중동-유럽으로 연결되는 육상 실크로드와 중국 남부지역-동남아-중동-아프리카-유럽으로 연결되는 해상 실크로드의 주요 지역들에 중국이 인프라를 구축하고, 이를 통해 교역 증진과 관계를 강화해나가겠다는 야심찬 프로젝트다. 2049년[신중국 건설 100주년], 이 계획이 완성되면 64개 국가들이 중국의 영향력 아래 '경제회랑'이 조성되는 것이다.

이는 중국이 글로벌 경제에 진입하여 국력이 괄목하게 신장하면서 미국과의 관계를 재정립하기 위한 대외정책의 변화를 선포한 것이다. 덩샤오핑 이후 도광양회(韜光養晦)의 외교정책, 즉 '빛을 감추고 밖으로 들어내지 말라'는 기조를 거스른 것이다. 2017년 집권 2기를 시작한 시진핑은 국가 비전으로 '중국몽'(中國夢)을 제시하면서 '일대일로' 프로젝트에 박차를 가했다. 2019년 이미 전 세계 많은 국가에 도로, 철도, 항만 건설 등 인프라 건설에 투자하였다.

중국으로서는 지속적인 성장 발전을 위해 필요한 에너지를 안정적으로 수송·공급받고, 나아가 해양자원 및 해양주권을 확보하는 것이 장기적으로 필수적 조건일 것이다. 중국이 수입하는 원유의 약 80%가 미군이 장악하고 있는 '말라카해협'[말레이반도와 수마트라섬 사이]을 통과하고 있다. 그리고 중국 내 공급과잉 상품에 대한 해외시장 확보, '위안화'

거래 관행 확장은 장차 기축통화화 기도를 위한 도전이다.

중국의 '일대일로' 해상 루트 확보는 장기적인 '해양 대국' 전략이다. 특히, 인도양과 태평양 지역에서 미국의 제해권을 뚫고 이 지역에서 자유로운 해상 활동을 확보하려는 군사전략의 일환이기도 하다. 미국은 이에 맞서 '인도·태평양 전략'을 내세워 중국을 봉쇄하려 하고 있다. 트럼프 정부 이후 미 국무부는 '인·태전략'을 보강하고 있다. 여기서 미국의 인내심이 임계점에 이르면 군사적 충돌이 일어날 가능성, 즉 '투키디데스 함정'(Thucydides Trap)에 빠질 우려가 있다. 최근 남중국해에서의 중국의 군사적 활동 증가는 이를 촉진할 가능성이 있다.

중국의 '일대일로' 전망이 밝지만은 않다. 사업추진 과정에 한계성이 서서히 노정(露呈)되고 있다. 최대 투자대상국인 파키스탄이 급증한 부채를 감당하지 못해 IMF에 구제금융을 요청했다. 스리랑카는 부채 대신 '함반토타' 항구의 운영권을 99년 동안 중국에 넘겼다. 미얀마, 말레이시아, 네팔 등에서도 대규모 인프라 사업이 폐기되거나 재검토되고 있다. 서방에서는 이를 '부채함정 외교'(Debt-trap Diplomacy)라고 비판적으로 평가하고 있다. G7 국가 중 유일하게 '일대일로'에 참여하는 이탈리아도 탈퇴 여부를 검토하고 있는 것으로 알려졌다. 중국의 오늘이 있게 한 지도자 덩샤오핑이 후세들에게 남긴 교훈에 이런 내용이 있다. "적군은 담장 밖에 있고, 우리보다 강하니 항상 방어적인 자세를 견지하라."[12자(字) 경고 중] '일대일로' 추진에 때 이른 감이 있다는 생각을 지울 수 없다.

미·중(美·中)전쟁?

패권국이란 정의도 모호할 뿐 아니라, 어느 정도의 국력이 패권국의 지위를 말하는지 분명한 기준은 없다. 그러나 소련 붕괴로 미국이 유일한 패권국의 위상을 유지해오고 있다는 사실은 국제정치 이론가들이 인정하고 있고, 미국 자신도 이를 받아들이고 있다. 그래서 미국을 현재의 패권국이라고 부르는 것은 거의 상식이다. 그런데 인류 역사에서 패권국이 영원할 수는 없다. 네덜란드, 스페인, 영국 등이 해양국가로서 한때 패권국의 영광을 누리다 어느 날 해가 저물었던 역사가 이를 증명한다.

패권국이 쇠락하는 원인으로 미시간대 오건스키(A.F.K. Organski) 교수의 '세력 전이 이론'(Power Transition Theory)이 설득력 있어 보인다. 기존 패권국은 국제질서를 유지하기 위해 해야 할 일이 많다. 2차 대전 이후 패권국인 미국은 자신이 주도하는 세계 질서에서 많은 이득을 보기도 했지만, 미국과 가치를 공유하는 추종 국가들의 안보를 보장하기 위해 많은 지원도 해왔다. 소련 붕괴 이후 미국의 단극체제 하에서도 마찬가지다. 그러다 보니 국력 증강에 매진해온 추종자(Challenger)에 비해 경제 성장률이 낮아 중국의 국력이 미국에 육박하기에 이르렀다. 2010년 이후 양국의 연평균 경제 성장률은 미국이 2.3%, 중국이 7.5%로 나타난다[World Bank 자료].

중국의 도전을 가만두고 볼 미국이 아니다. 이미 2011년 11월 힐러

리 클린턴 미 국무장관이 '아시아 중심 정책'(Pivot to Asia)에서 미 해군력의 60% 이상을 아시아에 주둔하기로 결정한 '신국방전략'이 시작되었다. 그 이후 트럼프 대통령과 바이든 대통령으로 이어지면서 방법에서는 차이가 있지만 중국을 강하게 억제하고 있다. 그러나 미·중 양국은 너무 거대한 국가이고, 경제적으로 연관되어 서로가 필요한 존재다. 그래서 미국이 쉽게 전쟁까지 가진 않을 것이다.

그럼 중국의 입장은 어떨까. 앞에서도 언급했지만, 시진핑 시대에 접어들면서 중국은 성급한 도전장을 미국에 내밀었다. 역사적으로 패권국은 해양 대국이었다. 미국도 2차 대전 이후 전 세계를 누비는 항공모함 전대를 앞세워 해양 대국으로서 자리를 확실히 하고 있다. 이를 군사용어로 '빅십 전략'(Big-ship Policy)으로 부르기도 한다. 중국도 이에 맞서 항모전단을 꾸리고는 있으나 양적으로나 질적으로 미국과 대결하기에 당장은 역부족이다. 그래서 중국이 미국과 직접적인 전쟁은 피할 것이다. 다만, 기회를 봐서 대만을 먼저 장악하고 난 후, 점진적으로 동중국해를 중심으로 해양 세력을 확장하면서 서태평양에서 미국의 영향력을 축소해나가려고 할 것이다.

제3부

무엇이 인간의 삶에 중요한가

1. 인류 역사는 자유 쟁취의 역사

개인, 자유, 그리고 국가

21세기를 살아가고 있는 우리는 '개인'(個人)이라는 인격체에 대해 얼마나 큰 의미를 부여하는가? 인간이 오늘날과 같이 개인으로서 독립된 하나의 개체로 인정받기 시작한 역사는 그리 길지 않다. 역사를 거슬러 올라가면, 중세 1,000년 동안의 암흑시대는 인간은 없고 '신'(神)만 있었다. 중세가 끝나면서 신에서 인간 중심 세계로 바뀌고, 인본(人本)의 르네상스를 맞게 되었다. 인간의 재탄생이었다. 그러나 그 후 봉건 왕조시대에도 대부분 인간은 농노 또는 노예로 단순 노동력을 제공하는 도구에 불과했다. 인간이 개인이라는 인격체로서 인정받고 자유를 누리기 시작한 시기는 18세기경부터다.

서양의 경우 18세기에 이르러 '하늘이 내린 개인의 권리와 자유를 침해해서 안 된다'는 소위 천부인권설(天賦人權說)이 대두되었다. 인간은 태어나면서부터 자유롭고 평등한 권리가 있다는 주장이다. 그 중심에는 프랑스 계몽사상가 루소(Jean-Jacques Rousseau)가 있었다. 그 후 인간의 자유 쟁취 역사는 절대왕정이 지배하던 '앙시앵 레짐'[구체제]에 항거한 프랑스혁명(1789~1799)으로 절정에 이르렀다. 피의 대가로 자유를 되찾은 것이다.

동양의 경우, 중국의 역사에서 인간에 대한 전근대적 인식이 청조(淸朝)가 멸망한 20세기 초까지 이어졌다는 사실을 알 수 있다. 1911년 신해혁명에 이은 쑨원(孫文)의 삼민주의(三民主義)와 1919년 5·4운동으로 이어지면서 인간을 동등하게 인정하고 인간에게 자유를 누리게 해야 한다는 변화의 바람이 불기 시작했다. 서양이 동양보다 200년 정도 앞서기는 했으나, 동서양을 통틀어 인간이 평등한 개체로서 자격을 갖게 되고, 나아가 자유를 누리게 된 역사는 길지 않다.

　　인류 역사에서 반전이 있듯, 수많은 개인에게 자유와 권리를 부여하면 틀림없이 무분별하게 이를 행사하는 경우가 나타나게 되어있다. 인간은 이기적이고 자기중심적이기 때문이다. 그래서 갈등과 분쟁이 생기고, 무질서한 세상이 된다. 이에 대해 홉스(Thomas Hobbes)와 같은 정치사상가들은 '국가'(國家)의 필요성을 주장했다. 개인에게 주어진 자유와 권리를 일정 부분 국가에 양도하여, 국가가 개인 간 갈등과 분쟁을 조정하고 통제토록 하자는 해법, '국가계약설'이다.

　　이러한 역사를 거쳐 오늘에 이르기까지, 국가는 개인의 자유와 권리를 보호한다는 존립의 정당성과 역할을 인정받고 있다. 분쟁을 조정하고 통제하기 위해서는 공권력이 뒷받침되어야 하고, 국가는 그 공권력[무력]을 독점적으로 행사할 명분을 갖게 된다. 국가의 권력이 개인의 영역에 어느 정도 관여하느냐 하는 문제는 또 생긴다. 즉 과도한 개입은 결국 개인의 자유를 제한하게 되고, 국가의 관여 정도가 결국 정치체제를 결정하는 변수가 된다.

시민사회 형성

왕조나 봉건시대를 지나 근대국가로 발전하면서 개인이 자유를 획득한 대신 뿔뿔이 흩어지는 '원자화'(Atomization) 현상이 발생했다. 이들이 국가권력에 맞서기 위해서는 역부족이라 결속하게 하고 대변해줄 중간지대인 시민사회(Civil Society) 필요성이 대두되었다. 근대 자유민주주의 체제에서 가장 특징적인 현상이 시민사회의 탄생이라 할 수 있다. 시민사회는 국가라는 정치체(Body Politics)에 속하면서도 자율적이고 사적인 영역이다.

정치사상가 토크빌(Alex Tocqueville)은 시민사회는 개인을 보다 큰 사회와 연결하여 공동체 정신을 심어줌으로써 개인의 이익을 초월할 수 있도록 하게 하고, 국가가 일반 이익만을 앞세워 개별 이익을 무시하지 못하도록 견제하는 역할을 한다고 보았다. 토크빌에 따르면, 중세 봉건시대에는 귀족이나 교회가 왕권의 전횡을 견제하여 백성들의 권익을 보호해주었다. 그러나 근대 민주사회에서는 전통적인 귀족이 없을뿐더러 교회의 역할도 제한되어 있어서 개인이 국가권력에 맞서야 하는 상황이 되었다. 그래서 시민들이 자발적인 중간 집단을 결성하여 활동하는 것은 자유주의와 개인주의의 폐해인 개인의 '고립화'로 인한 사회적 유대감 상실을 막을 수 있는 장치라고 보았다. 또 국가권력의 지나친 집중화와 오남용을 막을 수 있는 또 다른 차원의 다원주의를 의미한다고 하였다.

전체주의 국가에서는 오히려 개인의 고립과 원자화를 요구하고 있다. 그래야만 국가권력이 개입할 공간이 생긴다. 그리고 전체주의는 개인의 자유와 자율성을 인정하지 않기 때문에 시민사회가 형성될 여건이 안 된다. 모든 개인은 국가기관이나 관변단체의 조직원으로 되어있어 중간지대가 필요 없다. 즉, 개인은 국가와 직접적인 관계만 있을 뿐 시민사회라는 제3의 지대가 없는 것이다. 이런 사회의 개인은 항상 소외감 속에서 불안감을 가질 수 있다. 또, 인간을 인간답게 학습시키는 자율적 공동체가 없으면 시민으로서 인성 교육과 인격 형성이 어렵게 된다. 이미 공산주의를 경험했거나 아직도 공산주의 이념의 전체주의 국가들에서 시민사회가 형성되지 못하는 것과 해당 국가 국민의 시민의식 부족을 느끼는 것은 이런 이유 때문이다.

2. 삶의 환경으로서 정치체제

환경과 인간 행동 이론

정치체제의 차이, 즉 자유민주주의와 전체주의 체제에서 인간의 심성과 행태의 차이를 설명하기 위해서 관련 이론들을 살펴볼 필요가 있겠다. 그 이론으로는 인간의 심리와 행동을 분석한 프로이트(Sigmund Freud)의 '정신분석 이론'과 환경의 영향을 중시하는 '행동주의 이론'으로 대별할 수 있다. 여기서 준거(準據)로 삼고자 하는 이론은 후자인 행동주의 이론(Behaviorism Theory)이다. 이 이론을 대표하는 학자로는 고전적 '조건화 이론'을 주장한 파블로프(Ivan Pavlov) 등이 있다.

행동주의 이론에 의하면, 인간의 성격이나 행동은 내면적인 것으로 설명하기보다는 오히려 외부 환경에 의하여 형성된 '행동 패턴'에 의한 것이라고 한다. 인간은 환경의 자극에 대해 반응하는 유기체이며, 인간의 행동은 '학습'에 의한 것이며, 학습이 길게는 '습관'으로 이어진다는 것이다. 이들이 중시하는 것은 환경적 영향이다. 왜냐하면 환경은 삶의 터전이기 때문이다. 그 터전이 인간의 가치관, 신념, 규범, 행동양식, 인간관계, 사회관계에 영향을 미치게 된다.

정치학적 관점에서 인간과 체제와의 관계를 좀 더 살펴보면, 정치 체제가 인간 심리와 행동에 영향을 미치는 인과관계에 대해서 일찍이 18세기 영국의 정치사상가 버크(Edmund Burke)가 "보편적인 인간성은 원래 없고, 만들어지는 것이다"라고 했다. 또, 19세기 중반 영국의 정치사상가 스미스(Tulmin Smith)도 정치제도가 인간의 심성과 행동에 직접 영향을 미친다고 주장했다. 그에 의하면 중앙집권적인 정치체제는 개인을 이기적으로 만들어 시민으로서의 공적인 책임을 회피하도록 만든다. 권위주의적 통치는 인간의 심성에서 정신적 부분을 퇴화시키고, 물질적 복지는 편안함에 빠지도록 만든다고 지적하였다. 20세기 들어 전체주의를 비판한 아렌트(Hannah Arendt)는 전체주의 체제가 장기간 지속되면 인간 본성인 창조성, 다원성 등을 변형시킬 수 있고, 종국에는 인간을 개조(改造)하기에 이른다 했다.

5대국의 정치체제

한 국가의 속성을 적확하게 정의 내리기는 쉽지 않다. 특히, 정치체제를 규정하기는 더욱 어려운 문제다. 왜냐하면, 체제는 복합적이고 보는 시각에 따라 다를 수 있기 때문이다. 국가마다 처한 상황이 있고, 내재적 관점과 외부 세계의 일반적인 관점이 다를 수도 있다. 그러나 정치체제에 대한 기본적인 규정은 '개인에게 자유를 어느 정도 허락하고 보장하느냐'에 달려있다고 본다.

전체주의를 연구한 프리드리히(Carl Friedrich)와 브레진스키 (Zbigniew Brzezinski)가 제시하는 6가지 특징은 다음과 같다[『전체주의 독재정치』(Totalitarian Dictatorship and Autocracy)]. ① 관제 이데올로기, ② 1인 지배 단일 정당, ③ 물리력에 의한 테러, ④ 모든 커뮤니케이션 독점, ⑤ 무력 수단 독점, ⑥ 중앙통제 경제체제다. 이러한 학술적인 기준과 필자의 경험을 토대로 분류해보면, 미국과 캐나다는 자유민주주의 체제, 러시아와 중국은 전체주의 체제로 분류가 가능할 것이다. 그리고 브라질은 자본주의에 개혁적인 사회주의적 요소가 가미된 사민주의라 할 수 있겠다.

자유민주주의 체제의 가장 기본적인 이념은 개인의 자유와 권리의 보장에 있다. 국가는 이들을 보호하는 데 필요한 최소한의 권력을 행사하게 된다. 이것이 국가의 주인이 국민이라는 국민주권 이념의 본질이다. 현재 지구상에 존재하는 자유민주주의 체제의 국가들은 대부분 개인의 자유와 인권을 보장하기 위해 입법부, 행정부, 사법부가 서로 '견제와 균형'(Check and Balance)을 유지하고 있다. 국가권력 남용과 독재정치를 사전에 차단하는 제도적 장치를 두고 있는 것이다.

자유민주주의 체제의 국가들은 국민이 투표라는 형식으로 권리를 행사하게 한다. 주권을 가진 국민이 직접 정치에 참여하기에 현실적 한계가 있어 의회나 대통령에게 권한을 위임하고, 국민은 주기적으로 이들을 평가하고 다음 선거에서 투표를 통해 권리를 행사한다. 즉, 대의민주주의(代議民主主義) 형태를 취한다. 또, 자유민주주의 체제는 시장경제의 보장과 사유재산제도를 보장한다. 시장경제와 사유재산 보장은 자유민주주의 체제에서만 온전히 가능하다. 그 외, 언론의 자유 등 각종의 자유가 최대한 보장되는 체제이다. 이러한 관점에서 보면 미국과 캐나다는 자유민주주의 체제라 할 수 있다.

전체주의는 사회주의 또는 공산주의 국가의 통치 행태로서, 단일 이념만을 추구하는 특정 정당(政黨)이 국가를 총체적으로 통솔하고 운영하는 체제이다. 다른 이념과 정책 노선을 용인하지 않는다. 노동자와 농민 등 프롤레타리아가 주도하는 공산당이 지배하는 중국의 경우 대표적인 유일 정당 체제다. 중국 헌법 총강 제1조에서도 "중화인민공화국은 노동계급이 지도하고 노농동맹을 기초로 하는 인민민주독재 사회주의 국가이다"로 규정하고 있다.

전체주의는 대개 당-국가체제 형식으로, CIA World Factbook

2022~2023에서는 중국의 국가형태를 '공산당 영도 국가'(Communist Party-led State)라고 명기하고 있다. 즉, 공산당이 국가 운영을 영도하는 통치 형태라는 것이다. 단일 정당에 의한 독재가 가능한 구조이다. 이를 견제할 세력과 장치가 없다. 경제도 국가 주도의 경제 형태를 띤다. 중국의 경우 시장경제를 표방하여 상당한 경제발전의 성과를 거양(擧揚)하였으나 거시적 정책 기조는 공산당이 영향력을 행사하는 공유경제(共有經濟) 체제다[중국 헌법 제6조, 제7조].

러시아는 소련 붕괴 이후 형식적으로는 다당제를 도입한 민주주의 정치 형태를 띠고 있으나 실질적으로는 푸틴과 집권당이 독주하고 있다. 러시아에서 실질적인 권한을 갖는 하원[Duma]의 총의석수는 450석인데, 2021년 기준 의석수가 가장 많은 정당은 여당인 '통합러시아당'(339석)으로 75.3%에 이른다. 그 외 '러시아연방공산당'(42석), '러시아자유민주당'(39석), '공정러시아당'(23석)이 있다.

그리고 러시아 헌법 제10조는 "러시아연방의 국가권력은 입법, 행정, 사법권의 분립에 기반하여 행사된다. 입법, 행정, 사법기관은 상호 간 독립적이다"라고 규정하고 있다. 러시아 헌법에 규정된 개인의 자유와 인권 보장은 서구민주주의 국가들과 거의 유사한 수준이다. 경제도 시장경제를 표방하고 있으나 천연자원 등 대규모 국책사업들은 크렘린의 통제하에 있다. 규범과 현실에는 상당한 간극(間隙)이 있다.

3. 대국들의 자유 보장 실태

양심과 종교의 자유

인간에게 가장 중요한 자유는 정신적 자유다. 여기서부터 종교의 자유, 사상의 자유, 표현의 자유, 언론의 자유, 학문과 예술의 자유 등이 파생되기 때문이다. 영적인 동물인 인간에게 양심과 종교의 자유는 원초적인 정신의 영역에 속한다. 모든 자유의 샘과 같은 것이다.

공산주의는 종교를 아편이라고 했다. 공산주의와 같은 전체주의 국가들은 앞에서 설명했듯이 관제 이데올로기(Ideology)가 독재정치의 중요한 요소여서, 종교의 자유가 보장되어 종교를 믿게 되면 이데올로기가 비집고 들어갈 영역이 없게 된다. 그래서 중국과 북한 같은 곳에는 종교의 자유를 인정하지 않는다.

중국의 경우 헌법 제36조에 이렇게 규정하고 있다. "중화인민공화국 공민은 종교 신앙의 자유를 가진다. (중략) 국가는 정상적인 종교 활동을 보호한다. 누구든지 종교를 이용하여 사회질서를 파괴하거나 공민의 신체·건강에 해를 끼치고 국가의 교육 제도를 방해하는 활동을 할 수 없다." 여기서 중요한 부분은 '정상적인 종교 활동'에 있다고 생각한다. 정상적인지 아닌지 그 여부를 당국의 판단에 유보해놓고 있다.

러시아도 전체주의에 속하지만 러시아 정교회가 다수를 이룬 가운데, 이슬람, 유대교, 가톨릭 등의 종교를 인정하고 있다. 1990년 고르바초프에 의해 종교의 자유법이 의결된 이후 종교의 자유는 보장되었다. 러시아 헌법 제14조에는 "러시아연방은 세속적인 국가이다. 어떤 종교도 국교 또는 강제적인 것으로 설정될 수 없다"라는 규정이 있고, 제28조는 "모든 국민에게는 양심의 자유와 종교의 자유가 보장되어 있다"로 규정하고 있다. 미국과 캐나다는 종교의 자유가 충분히 보장된 나라들이고, 브라질도 가톨릭 신자가 80% 이상이지만 종교의 자유는 보장되어 있다.

언론의 자유

민주주의와 정치 활동의 자유를 보장하기 위한 필수조건이 언론의 자유다. 언론의 가장 기본적인 임무는 권력을 감시하고 비판하는 것이다. 미국은 수정헌법 제1조에서 언론의 자유를 보장하고 있다. "언론, 출판의 자유나 국민이 평화로이 집회할 권리 및 고충의 구제를 위하여 정부에 청원할 수 있는 국민의 권리를 제한하는 법률을 제정할 수 없다." 정부나 권력이 언론의 자유를 침해할 수 없도록 해놓았다.

러시아도 헌법 제29조에 "모든 국민에게는 사상과 언론의 자유가 보장된다"로 규정하고 있다. 그러나 현실은 다르다. 러시아 언론들은 재벌이나 권력으로부터 자유로운, 소위 '독립 언론'이 아니다. 대부분 재벌 언론이거나 관변 언론이다. 러시아 재벌들이 자신의 기업 방패막이로 신문이나 방송을 소유하고 있다. 만약 언론이 정권에 비판적인 보도를 하게 되면, 기자가 피격되거나 언론사주가 해외로 추방되는 일들이 가끔 일어난다. 브라질도 언론의 자유가 충분히 보장된 나라로 보기 어렵다. 언론이 외부의 압력을 많이 받는다.

중국은 헌법 제35조에서 "중화인민공화국 공민은 언론·출판·집회·결사·행진·시위의 자유를 가진다"라고 규정하고 있다. 그러나 당의 결정 사항과 각종 하위 법률 등으로 규제가 가해지고 있어, 실질적인 언론 출판의 자유가 보장된다고 보기 어렵다. 현실적으로 중국의 언론보도는 정부 기관인 신문판공실과 당 선전선동부의 사전 검열과 엄격한 통제하에서 이뤄지고 있다. 전국적으로 신문, 방송, 잡지 등 수천 종의 매체들이 있다. 일부 지방에는 〈도시보〉(都市報)라는 독립적인 매체가 있으나, 아직 그 영향력은 미미하다.

'세계 언론자유 지수'(Press Freedom Index)를 '국경없는기자회'가 매년 발표한다. 2022년 세계 180개국을 대상으로 발표한 자료에 따르면 대국들의 언론자유도 순위는 캐나다(19위), 미국(42위), 브라질(110위), 러시아(155위), 중국(175위) 순으로 나타나 있다[한국 43위, 북한 180위].

사유재산권 보장

사유재산의 인정은 개인의 자유가 물질적 보장으로 나타나는 것이다. 인간의 노동과 경제활동의 중요한 모티브이다. 이를 통해 개인의 부(富)가 축적되고, 인류문명이 발전하게 된다. 영국의 고전 경제학자 스미스(Adam Smith)가 지적했듯이 인간은 본성적으로 이기적이기 때문에 자신의 재산을 사유하게 해줘야 열심히 노력한다는 것이다. '빵집 주인의 이기심이 없으면 우리는 맛있는 빵을 먹을 수 없다'라는 표현이 이를 잘 설명해준다.

그래서 고전적 자유주의자들은 사유재산권이 자유의 핵심이라고까지 했다. 이러한 사상은 오스트리아 경제학자 하이에크(Friedrich Hayek)의 말에서 잘 나타나 있다. "인쇄 수단이 정부의 통제하에 있다면 언론의 자유가 없고, 대중이 모이기에 필요한 장소가 정부에 의해 통제된다면 집회의 자유가 없고, 운송 수단이 정부의 독점이라면 이동의 자유가 없다." 즉 진정한 자유는 사유재산권이 인정되는 상황에서만 실질적으로 보장된다는 얘기다.

시장경제 체제가 온전히 작동하는 미국, 캐나다, 브라질은 사유재산권이 전혀 문제가 되지 않는 나라들이다. 러시아 경우도 사유재산이 인정되고 있다. 러시아 헌법 제35조는 "사유재산권은 법률로 보장한다. 모든 국민은 단독으로 또는 타인과 공동으로 재산을 소유, 점유, 사용, 처분할 수 있는 권리를 가진다"라고 규정하고 있다. 또, 제36조에는 "개인이나 단체는 토지를 사유재산으로 소유할 권리를 가진다"라고 규정하고 있다. 토지를 소유할 수 있으면 다른 재산권은 거의 보장된다고 볼 수 있다.

중국은 시장경제를 받아들였지만, 경제정책의 기조는 공유경제다. 헌법 제6조는 "중화인민공화국의 사회주의 경제 제도의 기초는 생산수단의 사회주의 공유제, 즉 전 인민소유제와 노동군중의 집단적 소유이다"라고 규정하고 있다. 그런가 하면 헌법 제13조에는 "공민의 합법적인 사유재산은 불가침이다. 국가는 법률에 의거하여 공민의 사유재산과 상속권을 보호한다"라고 규정하고 있다. 중국 당국이 인정하는 일정한 자격을 갖춘 공민(公民)에 한해 사유재산권을 인정하고 있고, 토지를 제외한 부동산과 동산의 사유재산권을 인정하고 있다.

거주 이전의 자유

거주 이전의 자유는 현대 산업사회에서는 반드시 보장되어야 하는 자유다. 미국, 캐나다, 브라질의 경우 거주 이전의 자유가 제약받지 않고 있다. 러시아는 헌법 제27조에 "러시아연방 영토 내에서 합법적으로 거주하는 모든 개인은 자유로운 이전이 보장되며 일시적 또는 영구적 주거지를 자유롭게 선택할 권리를 가진다"로 되어있다. 러시아가 소련 공산주의 시절에는 모든 인민에게 주거를 위한 아파트를 제공했다. 그리고 교외에도 신분에 따라 '다차'(Dacha)라는 별장을 하나씩 제공했다. 그때는 거주 이전의 자유가 없었다. 그러나 시장경제를 받아들이면서 아파트와 다차를 자유로이 매매할 수 있게 되면서 주거 이전의 자유가 실질적으로 인정되기 시작했다.

중국의 헌법에서는 거주 이전, 여행의 자유에 대한 명문 규정을 찾지 못했다. 중국은 거주 이전이 매우 제한되는 나라다. 특히 농촌 인구가 도시로 이전하는 것을 통제하고 있다. '호구'(戶口)제도가 그것이다. 북경과 같은 대도시에 잠시 거주하기 위해서는 별도의 거류증이 있어야 한다. 거류증 없이는 자유로운 도시의 출입도 제한된다. 농촌 출신 노동자들이 대도시에서 일하고 있지만 정작 도시에 주소지를 옮기지 못한다. 그래서 자녀들을 도시로 데려와 취학시킬 수 없어 시골에 남겨두는 힘든 생활을 한다. '뒤에 남은 아이들'(留守兒童)이 6,000만 명에 이른다. 거주 이전의 자유가 없는 상태에서 도시에서 일하는 2억 명의 '농민공'(農民工)문제도 발생한다.

학문과 예술의 자유

학문의 자유는 연구나 강의 등 학문적인 활동이 외부로부터의 간섭이나 압력을 받지 않을 권리이다. 학자들의 논문이나 연구 결과를 전파하는 데 있어서 간섭, 사전 검열, 모니터링 등 위협을 받지 않을 권리를 말한다. 예술의 자유는 미(美)의 추구로서 창작·표현의 자유를 내용으로 한다.

미국과 캐나다의 경우 학문이나 예술의 자유를 침해받았다는 얘기를 들어본 적이 없다. 브라질도 그랬다. 러시아의 경우 헌법 제44조에서 "모든 국민에게 문학, 미술, 과학, 기술 그리고 그 밖의 형태의 창작 활동과 교수의 자유가 보장된다"라고 규정하고 있다. 러시아는 전체주의 국가이면서도 학문이나 예술 활동은 비교적 자유롭다고 하겠다.

그러나 중국의 경우 헌법 제47조에 "중화인민공화국 공민은 과학 연구·문학예술 창작 및 기타 문화 활동의 자유를 가진다. 국가는 교육·과학·기술·문학·예술 및 기타 문화사업에 종사하는 공민이 인민에 유익한 창조적 활동을 할 수 있도록 장려하고 도움을 준다"라고 규정하고 있다. 여기서 '인민에게 유익한 창조 활동'으로 국한하고 있다. 유익한지 유해한지를 당국이 판단하게 된다. 현실적으로 중국의 학자나 예술가들이 자유롭게 연구하고 창작한다 해도, 그 결과물의 발표나 공표는 자유스럽지 못하다. 중국 당국의 사전 허가를 받아야 한다.

4. 체제와 자유의 유별성(有別性)

선언적 자유 보장의 함정

앞에서 자유민주주의 체제와 전체주의에 속하는 나라들의 기본적인 '자유'의 보장에 대해 살펴봤듯이 헌법이나 법률 등 규범에 명문으로 규정되어 있다고 반드시 그대로 현실에 적용되는 것은 아니다. 일당독재 체제에서는 당헌(黨憲)이나 당규약이 헌법의 상위에 있어, 설사 헌법에 규정되어 있다 하더라도 당의 노선에 어긋나는 경우는 위력이 없다. 그리고 헌법에 선언적으로 규정되어 있어도 하위 법률이나 규정으로 제약하면 '악마는 디테일'에 숨어있을 수 있다. 무엇보다 전체주의는 국가권력에 의한 '테러'(Terror)가 일상화되어 있는 경우가 많다. 그런 경우 '공포'의 심리가 무의식중에 작용하여 개인의 자유를 스스로 위축시킬 수 있다.

러시아와 중국의 경우 헌법상 개인의 자유에 대한 규정은 서방 국가들과 크게 차이가 나지 않았다. 러시아의 경우 오히려 더 자세하게 명기해놓고 있었다. 그러나 실질적으로 그 나라 국민이 향유하는 자유도는 그렇지 못했다. 대표적으로 언론의 자유가 많은 제약을 받고 있었다. 러시아의 경우 정부를 비판하는 기자는 테러를 당하고, 중국의 경우 아예 비판 기사를 실을 만한 매체 자체가 없다. 중국에서 종교의 자유는 헌법상에도 상당히 구체적으로 제한하고 있다. 특히 최근에는 종교에 대한 감시업무를 더욱 치밀하게 하는 경향이 나타나고 있다.

'신은 자연을 만들고 인간은 예술을 만든다'라고 한다. 세상을 주유(周遊)하면서 사람들의 삶을 지켜보며 체득한 것은 '개인으로서 인간은 예술을 만들고, 집단적인 인간은 제도(制度)를 만든다'는 사실이다. 그 제도가 정치적 용어로는 '체제'(體制)에 해당하겠다. 앞에서도 언급했지만, 정치체제의 기준은 개인에게 어느 정도 자유를 부여하느냐에 달려있다. 인위적인 체제가 사회적 환경이 되어 개인을 규율하면서 인간의 심성과 행태로 나타나고, 결국은 문명을 일궈가는 것이다.

인간의 심성 형성

정치체제와 인간과의 관계, 즉 체제가 어떻게 인간 심성에 영향을 미처왔는지를 현장에서 겪은 경험을 토대로 풀이해보기로 한다. 개인은 동서고금을 막론하고 자기중심적으로 사고하고 행동한다. 그렇게 되면 타인과 또는 공동체와 갈등과 마찰이 일어나게 되어있다. 자유를 누리면 그에 부응하는 책임이 따라야 하는 이유가 여기에 있다. 자유가 많이 보장되고, 자유를 많이 누릴수록 더욱 그렇게 된다. 그래서 인간이 함께 사는 공동체에는 윤리와 도덕, 규칙과 법률이 존재하고, 개인은 무의식중에 그 기준을 좇아 삶을 영위한다.

공동체는 인간을 인간답게 만드는 일종의 심성 단련장이라 생각한다. 만약 공동체 내에서 정해진 기준을 위반하면 자신의 처신에 대한 피드백이 돌아온다. 그래서 다음번은 공동체가 요구하는 덕목과 기준에 맞게 처신하려고 노력하는 자율적 선순환 원리가 작동한다. 그런 과정을 통해 개인은 스스로 각자의 성품과 행동을 다듬어간다. 그것을 사회적 인격화(人格化) 과정이라 할 수 있겠다. 그 인격의 기준은 도덕성, 정직성, 책임성, 신뢰성, 근면성, 준법정신 등등이 되겠다. 이들 덕목이 중요시되고 규범(Norms)으로 자리 잡은 사회가 좋은 공동체 또는 좋은 국가다.

자유민주주의 체제에서는 이러한 덕목들이 어릴 때부터 자라면서 학교 교육이나 가정 교육으로 배양되기도 하지만, 개인이 공동체 내에서 자발적인 노력으로 쌓아간다. 인간은 누구나 명예와 평판을 의식하는 속성이 있어서, 삶을 영위하는 공동체에서 개인이 스스로 인격을 갖추려고 노력한다. 즉, 자율적 인격 육성시스템이 작동되는 것이다.

또한, 인간은 인격을 갖출 때 자신을 더 귀중하게 여기게 되어있어 갈등은 줄어든다. 이런 사회를 소위 '사회자본'(Social Capital)이 구축된 사회라 부르기도 한다.

반면, 공산주의나 사회주의 등 전체주의에서는 개인은 독립된 인격체가 아니라 조직의 일부분에 불과하다. 이는 '전체는 개인을 위하여, 개인은 전체를 위하여'라는 전체주의자들의 이데올로기에 잘 나타나 있다. 이런 사회는 전체가 우선이고, 개인은 존재의 의미가 별로 없고, 오히려 철저히 무시된다. 그래서 개인은 자존감이 없고, 자유와 인격이 중요하게 여겨지지 않는다. 그러니 인간으로서 존엄성, 도덕성, 책임성, 정의감 같은 개념이 생길 여지가 없다. 경제적으로 곤궁하면 더욱 그렇게 된다.

이런 공동체는 개인으로서의 인간의 가치와 권리가 완전히 매몰되고, 집단의사와 집단적 정의만 존재한다. 이런 사회에서는 개인의 인격과 존엄성을 배양할 교육의 기회도 주어지지 않는다. 오히려 개인들에게 조직이 지향하는 이데올로기나 사상을 주입하여 국가가 필요로 하는 인간을 만들어내는 일방적 교화(Indoctrination)만 있을 뿐, 민주시민으로서 갖춰야 할 시민성(Citizenship)은 배양하지 않는다. 이러한 사회의 구성원들은 타율성에 젖게 되고, 책임 회피가 일상화되기 쉽다. 전체주의 체제를 유지하고 있는 국가의 개인들의 행위에서 그러한 속성을 쉽게 발견할 수 있었다. 결국, 체제가 인간의 자유 범위를 결정하고, 개인에게 주어지는 자유가 인간의 심성이나 행태에 영향을 미치도록 만든다. 사람이 체제를 만들지만, 체제가 다시 사람을 변형시키는 과정인 것이다.

인류문명에의 기여

20세기 이후 정치체제가 문명 발전에 영향을 미쳐왔다는 것은 역사가 말해준다. 개인의 자유가 정치 발전, 경제 발전, 문화 창달에 영향을 미친 것이다. 언론과 표현의 자유 없이는 정치 발전을 기대할 수 없고, 사유재산권을 인정하지 않고 경제 발전은 기약할 수 없고, 학문과 예술의 자유 없이 문화 융성이 불가능하다. 정치체제가 인류문명의 발전과 상관관계가 있다는 것이다.

자유민주주의 체제는 개인의 자유가 보장되어 있어, 일견 무질서해 보여도 자유분방함과 창의성 발휘를 통해 미지의 세계에 대한 도전과 창조적인 혁신으로 문명의 발전을 가져온다. 그러나 전체주의는 개인의 자유가 없어 매사 수동적이고 창의적이지 못하다. 지금도 공산주의 전체주의 체제에서는 국가가 모든 계획이나 결정을 주도적으로 하고, 개인은 그 결정을 따라가기만 하면 된다. 그러나 인간은 누구나 위로부터 하달되는 명령은 달가워하지 않는다. 그래서 개인은 소극적일 수밖에 없고, 열심히 일할 의욕은 떨어진다.

또한, 전체주의는 대규모 조직을 기본으로 하고 있어 관료주의 속성을 띄게 되어있다. 중앙집권적인 통제는 일사불란한 질서로 인해 높은 효율성이 나타나 어느 수준까지는 빨리 성장할 수 있다는 강점이 있다. 가까운 예로 중국이 개혁개방 이후 높은 성장세를 보이는 것이 그런 현상으로 이해된다. 그러나 장기적으로는 자유가 가져다주는 직관과 창의성 등이 부족하여 지속적 성장에는 한계를 맞게 될 가능성이 있다.

공산주의로 인류 역사에 큰 영향을 미친 마르크스는 모든 갈등은 경제구조에서 비롯되므로, 계급투쟁을 통해 계급 없는 사회를 만들면 갈등이 존재하지 않을 것이라 믿었다. 공산주의자들은 개인은 자신의 이익보다 공동의 이익을 추구할 것이라 믿고 '능력에 따라 일하고, 필요에 따라 가진다'는 이상적인 이념에 사로잡혀 지상낙원을 꿈꾸어왔다.

그러나 모든 인간사회의 갈등은 인간 본성인 이기심에서부터 나온다. 사회를 변혁해 체제를 바꾼다 해도 인간의 이기심은 근절되지 않는다. 개인보다 공동의 이익을 앞세운다는 것은 이론상 가능할지 모르나 현실에서는 불가능한 일이다. 이는 인간 본성인 이기심이 사회의 이익보다 더 근원적이기 때문이다. 소련이 붕괴한 원인도 여기에 있었다. 반면, 중국이 오늘날과 같은 대국으로 성장하는 것은 인간의 이기심을 채워줄 동기부여와 개인의 사유재산권 보장이라는 자유를 늦게라도 허용했기 때문에 가능하다고 본다. 개인의 자유를 억압하고 개인의 심리를 통제한 전체주의는 인간의 삶을 개선하기보다는 오히려 인간성을 악화시키고 문명을 퇴화시키는 결과를 초래하게 된다.

에필로그

외국에서의 생활이 고국을 더 많이 알게 해줬다. 5개국 7개 공관에서 해외홍보관을 마치고 돌아와 보니 한국이 많이 변해 있었다. 모든 면에서 발전하고 좋아졌다. 어떤 분야는 세계 최고의 수준에 도달해 있었다. 그런데 주변에 있는 사람들이 가끔 묻는다. 다녀본 나라 중 어디가 제일 좋냐고 말이다. 외교적으로 답변한다면 한국이 제일 좋다고 해야 마땅하다. 그러나 선진국은 선진국대로, 후진국은 후진국대로 나름의 문화와 문명이 있고, 다른 매력들을 지니고 있었다.

미국은 물질문명이 발전하여 풍요하고 편리한 나라다. 러시아는 미국에 비해 정신문명 분야인 문화예술 수준이 높은 나라다. 중국은 유구한 역사와 전통이 인류문명에 지대한 영향을 미친 대국이다. 그러나 현재의 중국은 체제의 특성상 인민들의 자유를 많이 제한하고 있음을 부인하기 어렵다. 결국, 모든 국가는 나름대로 존재 이유가 있고, 각자의 정체성(Identity)을 지니고 있을 뿐이다.

미국은 선진국이라 모든 면에서 보고 배울 게 많은 나라이며, 법치주의가 확실히 수립된 민주주의 국가로서 개인의 자유와 평등이 보장되는 문명국이다. 자율성을 존중하는 반면에 규정은 엄격한 나라다.

캐나다도 이런 점에서 미국과 비슷하나, 경제 분야가 허약해 미국에 많이 의존하고 있다. 국토의 크기에 비해 인구가 적어 사람을 귀하게 여기는 인심 좋고 살기 좋은 나라다.

러시아는 보편적인 저울로는 가늠하기 어렵다. 사람과 문화가 생경하여 호기심을 많이 유발하고 눈이 즐겁다. 그리고 클래식 문화예술이 보편화 되어있어 문화를 즐기고 소양을 키우기에 좋은 곳이다. 아이러니하게도 기후 탓인지 사람들의 심리는 항상 자기중심적이다. 그래서 황당할 때가 가끔 있다.

브라질은 문명화가 더디지만, 잠재력이 큰 나라다. 아직 덜 익은 큰 과일과 같다. 우리와는 지리적으로 지구 반대편에 있어 현재로서는 교역과 여행에 경제성이 장애 요인이 되고 있다.

중국은 이웃이다 보니 역사와 문화에 공통점이 많다. 중국은 동아시아의 문명의 발상지답게 그 전통의 샘물은 깊다. 중국을 보는 시각은 공산주의 체제 이후의 신중국 수립[1949년]을 기준점으로 삼아, 그 이전과 이후를 구분해서 인식할 필요가 있다고 생각한다. 지금 중국은 이미 경제 대국으로 성장해 사회주의 체제의 우월성을 과시하고, 중화민족주의 이데올로기로 재무장하여 두려운 이웃이 되어가고 있다. 그래도 중국은 안보적, 경제적으로 중요한 이웃 국가다.

결국, 좋고 나쁜 나라의 판단 기준은 국민[인민]에게 '자유'를 얼마나 많이 보장하느냐에 달려 있다고 생각한다. 세상을 다녀 보니 좋은 나라는 역시 '사람'을 중하게 여기며, 개인의 자유 보장을 위해 정치제도와 권력구조가 이를 뒷받침하고 있는 곳임을 깨달았다. 한국도 그 범주에 들어간다고 생각한다. 산속에 있으면 산 전체의 웅장함과 아름다움을 잘 못 보는 법이다. 우리의 진면목(眞面目)을 잘 모르는 측면이 있는 것 같다. 앞으로 우리에게 남은 큰 과제는 남북통일이다. 그 방향은 북한이 낡고 용도 폐기된 체제를 버리고 자유 대한민국과 통합하는 것이다. 우리 세대와 우리 후손들을 위해서다.

세상을 다녀 보니

초판 1쇄 발행 2024년 02월 15일

지은이 이기우
펴낸이 류태연

펴낸곳 렛츠북
주소 서울시 마포구 양화로11길 42, 3층(서교동)
등록 2015년 05월 15일 제2018-000065호
전화 070-4786-4823 | **팩스** 070-7610-2823
홈페이지 http://www.letsbook21.co.kr | **이메일** letsbook2@naver.com
블로그 https://blog.naver.com/letsbook2 | **인스타그램** @letsbook2

ISBN 979-11-6054-684-2 (03810)